名家笔下的中国老城市丛书

名家笔下的

老南京

总主编 张祖庆

主 编 梁 俊

朗 诵 柏玉萍

山东城市出版传媒集团·济南出版社

图书在版编目（CIP）数据

名家笔下的老南京 / 梁俊主编. — 济南：济南出版社, 2021.6
（名家笔下的中国老城市丛书 / 张祖庆主编）
ISBN 978-7-5488-4057-2

Ⅰ. ①名… Ⅱ. ①梁… Ⅲ. ①散文集—中国—当代 Ⅳ.①I267

中国版本图书馆CIP数据核字（2021）第094705号

名家笔下的老南京
MINGJIA BIXIA DE LAONANJING

出 版 人：崔　刚
图书策划：赵志坚
责任编辑：樊庆兰　孙亚男
封面设计：侯文英
版式设计：刘欢欢
封面绘图：王桃花
内文插图：殷　莺
出版发行：济南出版社
地　　址：济南市市中区二环南路1号（250002）
邮　　箱：976707363@qq.com
印 刷 者：济南新先锋彩印有限公司
经 销 者：各地新华书店
成品尺寸：170 mm × 240 mm　1/16
印　　张：8
字　　数：90千字
印　　数：1—10000册
出版时间：2021年6月第1版
印刷时间：2021年6月第1次印刷
定　　价：45.00元

序

每座城都是一本书，每本"城书"都有其独特的精神气质。

生于此城，长于此城，你便与城融在一起，成为城的细胞。城的性格脾气就是人的性格脾气。城与人，相依共存。

一座有生命的城，少不了市，故曰"城市"。

城市于人的成长是烙印式的。无论你身在何处，永远不能忘记的是家的味道、城的气息、城的日常。我们怀想它，念叨它，也常会在某个时间点，因见到所居城市的一处景、一个人，甚至一株菜而深情满怀、热泪盈眶。作家池莉在回忆家乡武汉的菜薹时写道："我对菜薹是情有独钟、不离不弃到即便它们老了也要养着，花瓶伺候，权当插花……看花时，一回回，心里暗叹：菜薹！哦，菜薹真心是我对武汉最深的一份眷恋。"

每一座历经千百年的城市，都是一条生命涌动的长河，于风云变幻间，留下吉光片羽。

一座古老的城市，就是一个有故事的老人，值得我们细细品读。从显处读，可以是让游人赏心悦目的湖光山色，也可以是令吃客垂涎欲滴的特色美食。但是，仅读这些还不够，我们还要走进城市深处。风采卓绝的人物要读，深厚的文化底蕴要读，明亮的人文精神要读，这样才能走近一座城市的灵魂。

可是，谁敢说，我们真正读懂了我们所生活的城市？谁又敢说，我们真正触摸到了城市的灵魂？可能，在喧嚣的城市里，孩子还没有静静凝视过家门前那条不知源头的河流，没有留心觉察过城市中不断冒出的楼宇，没有仔细聆听过城市发展的滚滚车轮声。甚至，有这样一种情形——生活在南京的孩子不知道石头城的历史，生活在苏州的孩子没听过评弹，生活在西安的孩子没了解过秦岭的前世今生……

不得不说，这是生命成长中的一大憾事。

中国有个性、有魅力、有文化的城市何其多也！若是有一套中国城市的读本，以名家的文字为城市代言，纵览历史发展脉络，横看现代文明景观，让青少年读者从书中读城市的古今面貌，用脚步触摸城市的现实温度，那该多好啊！我的倡议得到各地名师的积极响应，大家一拍即合，快速行动。我们希望，经由这套书，每位大小读者从自己所居之城开启城市阅读之旅，了解城的古今，抚触城的肌肤，以城为荣，以城为傲。

人是城市的核心因子。人和城市的相处方式有很多种，阅读城市理应成为重要的一种。以中小学生喜闻乐见的方式打开城市阅读之门是我们的编写初心。通过阅读名家优秀的文学作品，让孩子建立对城市的文化印象，让城市发展脉络及精神气质化入孩子的生命成长中。

经多次讨论，我们最终把这套书命名为《名家笔下的中国老城市》，初定二十个老城市，分别为北京、上海、杭州、南京、武汉、西安、济南、青岛、成都、重庆、绍兴、厦门、苏州、福州、徐州、广州、洛阳、开封、镇江、淮安。"老城市"就是有悠久历史、灿烂文明、独特意蕴的城市，老城市都是有故事的城市，读者能从书中感受到厚重的城市文化与个性迥异的时代特质。城市不分大小，大城有大城的宏伟，小城有小城的韵味。

为城市编书代言，我们深知其中的艰辛。一本小书难以概括一座城市的全貌和气质。尽管如此，我们还是愿意倾尽全力。我们组建了一支有深厚的文化学识和城市情怀的编写团队，他们多是在全国有影响力的特级教师、正高级教师、一线名师。有的名师为了在书中呈现更立体多元、经典可读的城市风貌，通读了几百本相关书籍，仍觉得不够；有的名师对"老城市"的"老"做了精准的解读，对丛书的助读系统提出丰富的设计框架；有的名师带领他的"学霸"团队，利用节假日，走进博物馆、图书馆，做大量的文献检索……毫不夸张地说，每个城市的编者都经历了艰苦的"前阅读"。

然而，写城市的文章太多了，选几十篇编入书中，简直是沙里淘金，且一定遗珠多多。选择什么样的文字呢？经过几番讨论，数易方案，渐渐地，编写组达成共识。我们发现，读城有迹可循。编写团队做了这样的梳理：

1.依循城市纵横交错的线索，确定框架。为打捞丢失在历史尘埃中的城市老时光，我们做了一番细细耙梳、反复筛选的工作，再沿着"纵""横"两条线索将占有的资料以主题单元的方式呈现。"纵"即城市的历史沿革、发展脉络；"横"就是城市当下的多面向文化叙事，包含景观、习俗、人物、美食、童谣等。这样编排，既有历史的纵深感，又有现实的亲切感，丰富博大的城市概貌就有可能浓缩在一本小书中。

2.充分考虑读者对象，精准定位选文方向。本套丛书的主要读者是中小学生，兼顾其他年龄段读者，所选文章多是可读性、文学性俱佳的名家作品。很多写城市的书只是给大人看的，客观介绍一座城市，文字也不够浅近，孩子难免会觉得枯燥。从这个意义上来说，这是一套定制版的城市文学读本，这一特色让本套丛书有别于其他城市主题的书。

3.让"行读城市"成为一种新的生活方式。读城市，最终要走到城市中。本套丛书有一个重要的编写思想，那就是跟着编者行读城市。二十个城市读本中，有的将研学作为一个单独章节，有的则将其融合在各个章节中。无论采用哪种形式，小读者们都能从书中读到书外。一本书就是一座城的博物馆"入场券"，儿童（或成人）经由这张"入场券"，走进城市文明深处。

以《名家笔下的老武汉》为例，我们来一睹老武汉的城貌——全书分为八个章节，从《日暮乡关何处是》到《踏破铁鞋无觅处》《忙趁东风放纸鸢》，将江湖武汉、火辣辣的武汉、因爽而快的武汉生动地展现给读者。每一章都有"导读""群文探究"，每一篇都有"读与思"。读一本书，仿佛在与城市对话、与编者交谈，读者可带着憧憬之心、探究之趣在城的古今穿梭，在城的南北畅游。

编者刘敏动情地说："二十年前，我在武汉读大学。如今，我拖儿带女留在武汉，安居乐业。多少次，我漫步于夜幕中的长江大桥，和灯火一起微醺；多少次，我在汉口江滩，寻觅百年的沉浮……"

不只是武汉，每一座城都值得用心去读。《名家笔下的老西安》编者王林波老师的感言，说出了所有编者的心声："三年多的时间里，我们走街串巷地亲历感受，我们翻阅文献广泛搜集筛选，我们对话作者深度访谈。一切的努力，只是单纯地想为你——亲爱的读者呈现最适合的老城市。"

我们有理由相信，这是一套真正的精华读本，读者站在名师深读的肩膀上鸟瞰城市，深入城市的叶脉、根系，享受读城的步步惊喜，体验读城的无穷乐趣。

亲爱的读者朋友们，《名家笔下的中国老城市》丛书是一座开放的城堡，我们将不断寻觅，让这个城堡的成员更丰富，文化更多元，视野更开阔。我相信，你们的阅读也必然是开放的——读城市的文学、文化、文明，读城市的传说、市井、烟火，读城市的性格、秉性、气质，读城市的人、事、景……自己读，和爸妈、老师一起读，走进城市博物馆，实景考察，深度研学；不仅读"我的城"，还要读"他的城"，因为这都是"我们的城"。

再次翻阅一本本书稿，我心中感奋不已。我仿佛又一次和编者朋友们一道，穿行一座座古城，漫步一条条大街，走进一处处深宅，聆听古老钟声，触摸历史心跳。

人在城中，城在心里；一眼千秋，千秋一卷；一卷一城，读行无疆。

于杭州·谷里书院

这，就是"你的南京"

你知道南京吗？你对她有多少了解？我常常想，作为一个土生土长的南京人，我该如何向你介绍她呢？

我会告诉你，玄武湖夏天的荷花很美；节假日夫子庙里人头攒动，有各种小吃；大年初一的栖霞寺香火很旺。这就是南京，是我童年时眼中的南京。

我会告诉你，这里逛起来如同逛古董铺子，到处都有时代侵蚀的痕迹。在这里你可以揣摩，可以凭吊，可以悠然遐想。这就是南京，这是朱自清眼里的南京。

我会告诉你，中华门下埋着沈万三的聚宝盆，里面的金银财宝怎么用都用不完。绣球公园里留着马娘娘的大脚印，这脚印有你脚的三倍大。这就是南京，可这是小说家眼中的南京。

我会告诉你，它有着6000多年的文明史、2600年的建城史和将近1800年的建都史。因为充满着"虎踞龙盘之气"，这里曾被秦始皇改名为"秣陵"，也就是"养马场"的意思。这里经历了"六朝更迭"，是"江南佳丽地，金陵帝王州"。这是南京了吧？可这是历史学家眼中的南京。

我还会告诉你，这是一座历史悠久的文化名城，钟山龙蟠，石头虎踞，山川秀美，古迹众多。这总该是南京了吧？这是概念化的南京。

由于所处时间和空间的不同，因为经历、视角的不一样，每个人眼中的南京都不尽相同。我发现，无论我怎么介绍，给你们带来的都是别人眼中的南京。可是，谁能说自己的所见所闻所感所述就一定准确或正确呢？

南京，就在那里，谁也无法准确地定义，谁也不能全面地解读。我不会以我自己的理解去帮你们"建构"南京，但我为你们精选了名家笔下一篇篇生动的小文。它们或描绘秦淮胜境，或描写美味珍馐，或介绍老腔老调老风俗，或呈现老南京的四时闲趣。你们可以从自己最感兴趣的一章读起，充分调动自己的感官去看，去听，去尝，去想象，去感受。在多感官的亲历与触摸中建立属于你们自己的独特的"我的南京"。

还等什么呢？孩子们，快开始吧。

目录 MULU

第一章　南京成长史

来，找到你眼中的南京！

这，就是"你的南京"！

　　南京是中华文明的重要发祥地，这座城市在历史的沧桑变迁中从无到有、屡毁屡建。南京从繁盛到衰败，再从衰败到繁盛，经历了太多的波折。三国鼎立，她目睹群雄争霸；六代更替，她阅尽王朝曲终幕落……这座城市究竟发生过什么，又经历了什么？你想了解她的前世今生吗？来吧，我们用漫画帮你直观地再现那段历史。

○ 扫码立领

★ 名师朗读
★ 美文微课
★ 城市印象
★ 老城记忆

　　南京是中华文明的重要发祥地，早在100多万年前就已经有古人类在此出现，35万年前便有猿人在此生活，7000年前已经形成了新石器时代的原始村落。

【 楚秦王气 】

　　春秋战国时期，南京地处"吴头楚尾"，吴国置冶城于此。

公元前472年，越王勾践"十年生聚，十年教训"一举灭掉吴国后，令越相范蠡在中华门外长干里修筑"越城"，是南京建城史的开始。

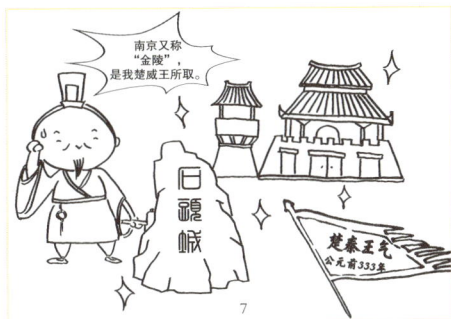

公元前333年，楚威王熊商击败越王，尽取吴地，在石头山筑城，取名金陵邑，这是南京主城区设立行政建制的开端。

【六朝古都】

211年，孙权把政治中心自京口迁至秣陵，并将秣陵改名为建业。

229年，孙权称吴大帝，自武昌还都建业。

280年，西晋灭吴，改建业为建邺。后因避晋愍帝司马邺之讳，改名建康。

317年，司马睿即位，是为晋元帝，东晋正式建立，定都建康。

420年，刘裕代晋称帝，宋立国，定都建康。

479年，萧道成代宋称帝，齐立国，定都建康。

502年，萧衍代齐称帝，梁立国，定都建康。

557年，陈霸先代梁称帝，陈立国，定都建康。

吴、东晋、宋、齐、梁、陈合称六朝，故南京被称为六朝古都。

【金陵情怀】

589年，隋灭陈。隋文帝以石头城为蒋州，隋炀帝时改为丹阳郡。

此后隋、唐两朝统治者将扬州治所自金陵迁至广陵，曾一度取消南京州一级的建制。唐初，杜伏威、辅公祏义军占据丹阳郡，归顺唐廷，唐改丹阳为归化。杜伏威、辅公祏起兵反唐，建立宋政权。唐平江南，置升州。

五代杨吴立国，修缮金陵，以为西都。937年，徐知诰（李昪）代吴，南唐立国，定都金陵，改金陵府为江宁府。

【陪都建康】

975年，北宋灭南唐，以江宁府为升州。

1018年，宋真宗以赵祯为升王，不久将其立为皇太子，改升州为江宁府。

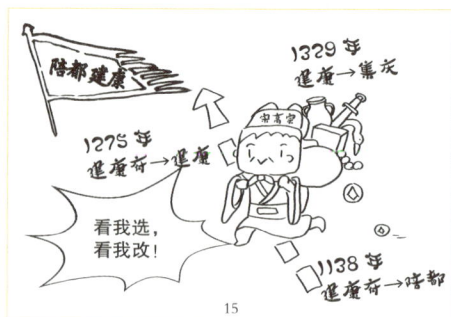

1127年，宋高宗即位，改江宁府为建康府，作为东都。不久金兵南下，高宗南逃，以杭州为行在。

1138年，宋高宗再次南逃杭州，正式建都，改杭州为临安府，建康府为陪都。

1275年，元兵南下，改建康府为建康。1329年，改建康为集庆。

【 开明之城 】

1356年，朱元璋攻克集庆，改集庆路为应天府，并作为根据地，朱元璋自称吴国公。

1368年，朱元璋在应天称帝，"山河奄有中华地，日月重开大宋天"，故定国号为明，是为明太祖。以应天府为南京，以为首都，以开封为北京，以为留都。1378年，罢北京，改南京为京师。

1403年，明成祖升北平为北京，以为留都。1420年底，明成祖迁都北京，以南京为留都。1644年福王朱由崧在南京即位。

【博爱之都】

1912年，孙中山在南京就任中华民国临时大总统，以南京为中国首都。

1927年，北伐军攻克南京。不久南京国民政府成立。

1937年9月19日，日军第三舰队司令官长谷川清下令对南京市区实行"无差别级"轰炸。

12月13日，日军占领南京，后对南京城进行了长达半年的血腥屠杀。在暴行最猖獗的6个星期里，共杀害30多万同胞，强奸2万以上的妇女。这是史上最惨烈的屠杀，是毫无人性的杀戮，史称"南京大屠杀"。

【故都重生】

1949年4月23—24日，中国人民解放军占领南京，成立南京市人民政府。

1952年恢复江苏省，南京降为省辖市并作为江苏省省会至今。1990年南京被确定为国家计划单列市，1994年省会城市取消计划单列，国务院中央机构编制委员会确定南京市行政级别为副省级。

第二章　南京印象

江南佳丽地，金陵帝王州。

提到南京，你的头脑里首先会冒出什么？是"南朝四百八十寺"？是秦淮河畔的游船画舫？还是皮白肉嫩的南京盐水鸭呢？不同人眼中的南京是不一样的，南京是谢朓眼中的"逶迤带绿水，迢递起朱楼"的江南佳丽地，还是利玛窦眼中"真正到处都是殿、庙、塔、桥，欧洲简直没有能超过它们的类似建筑"的东方之城？南京这座城市，便在你的眼前慢慢展开……

扫码立领
★ 名师朗读
★ 美文微课
★ 城市印象
★ 老城记忆

入朝曲

◇ [南北朝] 谢 朓

江南佳丽地，金陵①帝王州。

逶迤②带③绿水，迢递④起朱楼⑤。

飞甍⑥夹驰道⑦，垂杨荫御沟⑧。

凝笳⑨翼⑩高盖⑪，叠鼓⑫送华辀⑬。

献纳⑭云台⑮表⑯，功名良可收。

注释

①金陵：东吴、东晋、刘宋都曾建都金陵，故称之为"帝王州"。金陵，又称建康、建业，今南京市。

②逶迤：形容水流弯曲。

③带：环绕。

④迢递：高耸的样子。

⑤朱楼：红楼。

⑥飞甍：凌空欲飞的屋脊。甍，屋脊。

⑦驰道：专供皇帝行走的御道。

⑧御沟：流经宫苑的河道。

⑨凝笳：舒缓幽咽的笳声。

⑩翼：鸟儿伸展两翅，引申为覆蔽，这里是"遮掩"的意思。

⑪高盖：高高的车盖。此指高车。

⑫叠鼓：轻而密的鼓声。

⑬华辀：华丽的车辆。

⑭献纳：建言以供采纳。

⑮云台：汉宫高台名。后用以借指朝廷。

⑯表：臣下向皇帝陈情言事的一种文体。

赏析

　　江南金陵美丽富饶，女子灵秀，曾经被很多帝王作为主要都城。蜿蜒曲折的护城河，绿波荡漾，风光旖旎；层层高楼，鳞次栉比。凌空欲飞的屋脊夹着皇帝专用的道路，杨柳的柳荫遮掩住流经宫苑的河道。舒缓而幽咽的笳声、轻而密的鼓声，送着我坐的华丽车辆。我立身朝堂，进献的忠言被采纳，获取功名利禄那是必然的了。

读与思

　　"江南佳丽地，金陵帝王州。"对南京而言，这是恰如其分的称赞。诗人谢朓通过视角的变换，层次分明地为我们描绘了帝都金陵的壮丽图景。瞧，"逶迤带绿水""飞甍夹驰道"，他以河水的蜿蜒和道路的延绵，营造了诗境的远近纵深感；"迢递起朱楼""垂杨荫御沟"又以红楼的高耸和杨柳的婀娜，赋予了诗境的上下层次感。同时，他还注重色彩的描绘，红绿相间，青黄相映，色彩丰富，画面绮丽。那么，在景物的描绘中，诗人还加入了"凝笳"和"叠鼓"之声，你能猜到他这样描绘的匠心吗？

这座都城叫南京

◎ [意]利玛窦　[比]金尼阁

　　这座都城叫作南京（Nankin），但葡萄牙人是从福建省居民那里得知这座神奇城市的名字的，所以把该城叫作"Lankin"，因为该省的人总把"N"读成是"L"。作为地方长官的驻地，它有另一个名字，通称为应天府。在中国人看来，论秀丽和雄伟，这座城市超过世上所有其他的城市；而且在这方面，确实或许很少有其他城市可以与它匹敌或胜过它。它真正到处都是殿、庙、塔、桥，欧洲简直没有能超过它们的类似建筑。在某些方面，它超过我们的欧洲城市。这里气候温和，土地肥沃。百姓精神愉快，他们彬彬有礼，谈吐文雅，稠密的人口中包括各个阶层：有黎庶（lí shù），有懂文化的贵族和官吏。后一类在人数上和尊贵上可以与北京的比美，但因皇帝不在这里驻跸（zhù bì），所以当地的官员仍被认为不能与京城的相等。然而在整个中国及邻近各邦，南京被算作第一座城市。它为三重城墙所环绕，其中第一重和最里面的一重，也是最华丽的，包括皇宫。宫殿依次又由三层拱门墙所围绕，四周是濠堑（háo qiàn），其中灌满流水。这座宫墙长四五意大利里。至于整个建筑，且不说它的个别特征，或许世上还没有一个国王能有超过它的宫殿。第二重墙包围着包括皇宫在内的内墙，囊括了该城的大部分重要区域。它有十二座门，门包以铁皮，门内有大炮守卫。这重高墙四围差不多有十八意大利里。第三重和最外层的墙是不连续的。有

些被认为是危险的地点，他们很科学地利用了天然防御。很难确定这重墙四围的全长。当地人讲了一个故事：两个人从城的相反两方骑马相对而行，花了一整天时间才遇到一起。

这座墙将可提供该城如何庞大的一些概念，同时城是圆形的，所以比其他任何形状都容有更大的空间。这重墙内，有广阔的园林、山和树林，交叉着湖泊，然而城中居民区仍然占它的绝大部分。如果不是亲眼所见，人们简直难以相信，然而仅仅该城的警卫就有四万名兵士。该地位于经线32度，从数学上计算它的纬度，它几乎正在全国的中央。前面提到的那条河流，沿着城的西侧流过。人们不禁疑问：它的商业价值对于该城，是否比它秀美的装饰更加重要？它冲刷着城岸，有几处流入城内，形成运河，可以行驶大船。这些运河是现在居民的祖先开凿的，费了艰巨和长期的劳动。

　　此城一度是全国的都城和几百年来古代帝王的驻跸地，尽管皇帝由于前面提到的理由已移位至北方的北京，但南京仍然没有失掉它的雄壮和名声。即或是失掉了，那一事实也仅只证明它从前比现在更加了不起。

　　（节选自[意]利玛窦、[比]金尼阁著，何高济、王遵仲、李申译，何兆武校：《利玛窦中国札记》，"中外关系史名著译丛"，中华书局1983年3月第1版）

读与思

　　意大利籍传教士利玛窦用白描的方式，向我们描绘了当时南京的城市结构布局和特点，字里行间流露出对南京的喜爱之情。阅读描绘城市结构布局的相关文字，你知道作者是以什么视角来描绘的吗？

秦淮绝唱

◎ [清] 吴敬梓

这南京乃是太祖皇帝建都的所在。里城门十三，外城门十八，穿城四十里，沿城一转足有一百二十多里。城里几十条大街，几百条小巷都是人烟凑集，金粉楼台。城里一道河，东水关到西水关，足有十里，便是秦淮河。水满的时候，画船箫鼓，昼夜不绝。城里城外，琳（lín）宫梵（fàn）宇，碧瓦朱甍（méng），在六朝时是四百八十寺，到如今，何止四千八百寺！大街小巷合共起来，大小酒楼有六七百座，茶社有一千余处。不论你走到哪一个僻巷里面，总有一个地方悬着灯笼卖茶，插着时鲜花朵，烹着上好的雨水，茶社里坐满了吃茶的人。到晚来，两边酒楼上明角灯，每条街上足有数千盏，照耀如同白日，走路的人并不带灯笼。那秦淮到了有月色的时候，越是夜色已深，更有那细吹细唱的船来，凄清委婉，动人心魄。两边河房里住家的女郎，穿了轻纱衣服，头上簪（zān）了茉莉花，一齐卷起湘帘，凭栏静听。所以灯船鼓声一响，两边帘卷窗开，河房里焚（fén）的龙涎（xiàn）、沉、

速，香雾一齐喷出来，和河里的月色烟光合成一片，望着如阆苑（làng yuàn）仙人、瑶宫仙女。还有那十六楼官妓，新妆被服，招接四方游客。真乃"朝朝寒食，夜夜元宵"！

（节选自《儒林外史》第二十四回，标题为编者所加）

读与思

这是吴敬梓在《儒林外史》第二十四回里写的关于南京秦淮河的一个白描片段，可谓是情景交融，动静结合。从这二百多年前的写真里，我们能感受到大明皇城的气势恢宏以及"十里秦淮"的人文精彩。你知道"里城门十三，外城门十八"是什么意思吗？当时的南京城给你留下了怎样的印象呢？

逛南京像逛古董铺子

◎朱自清

　　南京是值得留连的地方，虽然我只是来来去去，而且又都在夏天。也想夸说夸说，可惜知道的太少；现在所写的，只是一个旅行人的印象罢了。

　　逛南京像逛古董铺子，到处都有些时代侵蚀的遗痕。你可以摩挲（mó suō），可以凭吊，可以悠然遐想；想到六朝的兴废，王谢的风流，秦淮的艳迹。这些也许只是老调子，不过经过自家一番体贴，便不同了。所以我劝你上鸡鸣寺去，最好选一个微雨或月夜。在朦胧里，才酝酿着那一缕幽幽的古味。你坐在一排明窗的豁蒙楼上，吃一碗茶，看面前苍然蜿蜒着的台城。台城外明净荒寒的玄武湖就像大涤子的画。豁蒙楼一排窗子安排得最有心思，让你看的一点不多，一点不少。寺后有一口灌园的井，可不是那陈后主和张丽华躲在一堆儿的"胭脂井"。那口胭脂井不在路边，得破费点工夫寻觅。井栏也不在井上；要看，得老远地上明故宫遗址的古物保存所去。

　　从寺后的园地，拣着路上台城；没有垛子，真像平台一样。踏在茸茸的草上，说不出的静。夏天白昼有成群的黑蝴蝶，在微风里飞；这些黑蝴蝶上下旋转地飞，远看像一根粗的圆柱子。城上可以望南京的每一角。这时候若有个熟悉历代形势的人，给你指点，隋兵是从这角进来的，湘军是从那角进来的，你可以想象异样装束的队伍，打着异样的旗帜，拿着异样的武器，汹汹涌涌地进来，远远仿佛还有哭喊之声。假如你记得一些金陵怀古的诗词，趁这时候暗诵几回，也可印证印证，许更能领略作者当日的情思。

若要看旧书，可以上江苏省立图书馆去。这在汉西门龙蟠里，也是一个角落里。这原是江南图书馆，以丁丙的善本书室藏书为底子；词曲的书特别多。此外中央大学图书馆近年来也颇有不少书。中央大学是个散步的好地方。宽大，干净，有树木；黄昏时去兜一个或大或小的圈儿，最有意思。后面有个梅庵，是那会写字的清道人的遗迹。这里只是随宜的用树枝搭成的小小的屋子。庵前有一株六朝松，但据说实在是六朝桧；桧阴遮住了小院子，真是不染一尘。

（节选自《南京》，标题为编者所加）

读与思

在朱自清的眼里，"逛南京像逛古董铺子"，可以摩挲，可以凭吊，可以悠然遐想……他为什么会有这样的感觉呢？你觉得逛南京像逛什么呢？

群文探究

1."当地人讲了一个故事：两个人从城的相反两方骑马相对而行，花了一整天时间才遇到一起。"调动你所有的知识，算一算，这个城墙大概有多长呢？

2.谢朓、利玛窦、吴敬梓、朱自清四人笔下的南京，有什么相同的地方，又有什么不同之处？你能从中发现什么吗？

	相同之处	不同之处
谢　朓		
利玛窦		
吴敬梓		
朱自清		

我发现了：_____。

3. "逶迤带绿水，迢递起朱楼。飞甍夹驰道，垂杨荫御沟"是一幅怎样的景象？三重城墙又是如何环绕、保卫这座城市的？请你阅读以上相关文字，试着自己画一画。

第三章　流连老城风物

去年今日此门中，人面桃花相映红。

人面不知何处去，桃花依旧笑春风。

　　著名文学家朱自清先生在游历了南京之后，就写下了这样的评价："逛南京像逛古董铺子，到处都有些时代侵蚀的遗痕。你可以摩挲，可以凭吊，可以悠然遐想……"这里，先搬出几件"古董"来，供你慢慢欣赏，细细揣摩，或许，你会产生逛一逛整个"古董铺子"的兴趣呢。

　　这是一组描写南京名胜古迹的文章，一边读一边想，把文字转化为画面，好好欣赏吧。

扫码立领
★ 名师朗读
★ 美文微课
★ 城市印象
★ 老城记忆

夜游秦淮

◎朱自清

—

　　秦淮河里的船，比北京万生园、颐和园的船好，比西湖的船好，比扬州瘦西湖的船也好。这几处的船不是觉着笨，就是觉着简陋、局促，都不能引起乘客们的情韵，如秦淮河的船一样。秦淮河的船约略可分为两种：一是大船；一是小船，就是所谓"七板子"。大船舱口阔大，可容二三十人。里面陈设着字画和光洁的红木家具，桌上一律嵌着冰凉的大理石面。窗格雕镂（lòu）颇细，使人起柔腻之感。窗格里映着红色蓝色的玻璃；玻璃上有精致的花纹，也颇悦人目。"七板子"规模虽不及大船，但那淡蓝色的栏杆、空敞的舱，也足系人情思。而最出色处却在它的舱前。舱前是甲板上的一部，上面有弧形的顶，两边用疏疏的栏杆支着。里面通常放着两张藤的躺椅。躺下，可以谈天，可以望远，可以顾盼两岸的河房。大船上也有这个，便在小船上更觉清隽（jùn）罢了。

二

秦淮河的水是碧阴阴的，看起来厚而不腻，或者是六朝金粉所凝么？我们初上船的时候，天色还未断黑，那漾漾的柔波是这样恬静、委婉，使我们一面有水阔天空之想，一面又憧憬着纸醉金迷之境了。等到灯火明时，阴阴的变为沉沉了：黯淡的水光，像梦般；那偶然闪烁着的光芒，就是梦的眼睛了。我们坐在舱前，因了那隆起的顶棚，仿佛总是昂着首向前走着似的；于是飘飘然如御风而行的我们，看着那些自在的湾泊着的船，船里走马灯般的人物，便像是下界一般，迢迢的远了，又像在雾里看花，尽朦朦胧胧的。

三

大中桥外，顿然空阔，和桥内两岸排着密密的人家的大异了。一眼望去，疏疏的林，淡淡的月，衬着蔚蓝的天，颇像荒江野渡光景；那边呢，郁丛丛的，阴森森的，又似乎藏着无边的黑暗：令人几乎不信那是繁华的秦淮河了。但是河中眩晕着的灯光，纵横着的画舫，悠扬着的笛韵，夹着那吱吱的胡琴声，终于使我们认识绿如茵陈酒的秦淮水了。此地天裸露着的多些，故觉夜来的独迟些；从清清的水影里，我们感到的只是薄薄的夜——这正是秦淮河的夜。大中桥外，本来还有一座复成桥，是船夫口中的我们的游踪尽处，或也是秦淮河繁华的尽处了。我的脚曾踏过复成桥的脊，在十三四岁的时候。但是两次游秦淮河，却都不曾见着复成桥的面；明知总在前途的，却常觉得有些虚无缥缈似的。我想，不见倒也好。这时正是盛夏。我们下船后，借着新生的晚凉和河上的微风，暑气已渐渐消散；到了此地，豁然开朗，身子顿然轻了——习习的清风荏苒（rěn rǎn）在面上，手上，衣上，这便又感到了一缕新凉了。南京的日光，大概没有杭州猛烈；西湖的夏夜老是热蓬蓬的，水像沸着一般，秦淮河的水却尽是这样冷冷地绿着。任你人影的憧憧，歌声的扰扰，总像隔着一层薄薄的绿纱面幕似的；它尽是这样静静的，冷冷的绿着。我们出了大中桥，走不上半里路，船夫便将船划到一旁，停了桨由它宕（dàng）着。他以为那里正是繁华的极点，再过去就是荒凉了，所以让我们多多赏鉴一会儿。他自己却静静地蹲着。他是看惯这光景的了，大约只是一个无可无不可了。这无可无不可，无论是升的沉的，总之，都比我们高了。

（节选自《桨声灯影里的秦淮河》，标题、序号为编者所加）

读与思

秦淮河里的船，真的比北京万生园、颐和园的船好，比西湖的船好，比扬州瘦西湖的船也好吗？为什么朱自清笔下的秦淮河的水是"碧阴阴的，看起来厚而不腻"呢？不同年龄、阅历、性情、心情的人，看同一风景，会有不同的角度、感受，也会产生不同的联想。如果有机会你也去秦淮河游览，你会有什么特别的联想呢？

乌衣巷①

◎[唐]刘禹锡

朱雀桥②边野草花，
乌衣巷口夕阳斜。
旧时③王谢④堂前燕，
飞入寻常⑤百姓家。

注释

①乌衣巷：在今南京市东南，在文德桥南岸，是三国东吴时的禁军驻地。由于当时禁军身着黑色军服，所以当地人俗称"乌衣巷"。在东晋时，王导、谢安两大家族，都居住在乌衣巷，人称其子弟为"乌衣郎"。入唐后，乌衣巷沦为废墟。现为民间工艺品的汇集之地。

②朱雀桥：在金陵城外，乌衣巷在桥边。

③旧时：晋代。

④王谢：指王导、谢安，晋相。王谢皆为世家大族，贤才众多，皆居巷中，冠盖簪缨，为六朝（吴、东晋、宋、齐、梁、陈先后建都于建康即今之南京）巨室。至唐时，则皆衰落不知其处。

⑤寻常：平常。

译文

朱雀桥边荒凉长满野草、野花，乌衣巷口断壁残垣正是夕阳斜挂。当年王导、谢安檐下的燕子，如今已飞进寻常百姓家中。

读与思

"去年今日此门中，人面桃花相映红。人面不知何处去，桃花依旧笑春风。"朱雀桥和乌衣巷依然如故，但此时已是杂草丛生、物是人非了。荒凉的景象，在暗示着什么呢？即使燕子的寿命再长，也不可能是四百年前"王谢堂前"的燕子，那作者为什么说"旧时王谢堂前燕，飞入寻常百姓家"呢？这首诗景物平常，语言浅显，读来却有一种含蓄之美。诗人的情感藏而不露，全都寄寓在景物描写之中，值得细细品味。

南京有个玄武湖

◎叶兆言

南京有个玄武湖，向来是南京人民的骄傲。来亲戚来朋友，带着去见识南京，必定不会忘了逛玄武湖。玄武湖好就好在有一道城墙，有了这道城墙，喧嚣的闹市便被隔离在外面。很少有一个城市，在市中心，闹中取静，竟然能找到这么大的一个公园。从视觉效果来说，一道深色的城墙，也把许多不愿意见到的现代建筑物，挡在了外面。

逛玄武湖，怎么玩都是合适的。你可以在湖里荡桨，好大的一个湖面，有力气尽管使出来；为省力，你也可以坐电瓶船。你可以沿着长堤散步，无论风和日丽，或是细雨绵绵，东西南北随你走，只要你有脚劲，走一天，你也未必会走重复的路。你还可以找一个好些的景点坐下来，独坐或是邀上一两位知己，泡上一壶酽茶，等待日出或日落。你可以坐在枯藤缠绕的古城墙上，坐在已经上了千年阅尽人间沧桑的六朝松下，坐在碧波荡漾轻舟出没的湖边，坐在千顷澄潭的武庙闸前，你的眼前有一幅幅最好的图画，你自己也成了画中的一个小点缀。

很难找到一个像玄武湖这样四季都适合游玩的场所。南京人天生会玩，自古就有"春牛首，秋栖霞"之说，春天去牛首山踏青，夏日去栖霞山看红叶，而玩玄武湖，却无时无刻不能玩，时时刻刻都有收获。

春天的玄武湖百花盛开，桃红柳绿，迎春花、海棠花、杏花、梅花、日本樱花和中国樱花，荷兰的郁金香，还有各种叫不出名的花，一种种先后开放。我最喜欢玄武湖沿长堤种植的虞美人，红红的，像燃烧着的火一般。

南京是著名的几大火炉之一，酷暑来临，玄武湖湖面上刮起了习习凉风，大片大片的荷花开着，这里于是成了天然的避暑胜地。我在小说《一九三七年的爱情》中写到了这么一个细节：到了最热的时候，"城北避暑的好地方是玄武湖公园，管理部门为了让大家有个夏夜纳凉的好去处，玄武门城门大开，于是整个公园便成了欢声笑语的不夜城"。昔日的南京，玄武湖的消夏图也可以算是一景。夜幕降临，人们来这里避暑赏荷，彻夜长谈……

秋天的玄武湖除了扑鼻的桂花之外，你可以去银杏树下捡掉下来的银杏，还可以去捡从美国引进的核桃树上掉下的洋核桃。冬天快来之际，洋核桃从高高的树枝上掉下来，落在水泥路面上，啪啪作响……

玄武湖的雪景也没有话说，一场大雪来了，人们迫不及待地往玄武湖赶。南京的雪融化得快，要想拍上好的雪景照片，必须抓紧。

（摘自《南京的玩》，题目为编者所加）

读与思

流连其间，你可以在湖里荡桨，你也可以坐电瓶船。你可以沿着长堤散步，你还可以找一个景点坐下来，泡上一壶酽茶，等待日出或日落。你可以坐在枯藤缠绕的古城墙上，坐在已经上了千年阅尽人间沧桑的六朝松下，坐在碧波荡漾轻舟出没的湖边，坐在千顷澄潭的武庙闸前，你的眼前有一幅最好的图画，你自己也成了画中的一个小点缀。"你可以……你可以……你可以……"就在这看似不经意的介绍中，玄武湖那独有的气质与风貌已经一点点在你眼前铺开、展现。你也可以尝试模仿这样的句式，介绍一处景物哦。

散步雨花台

◎凤 章

一

　　1300万年前，雨花台一带还是古长江水道。滚滚巨流，挟带着许多卵石与沙土奔腾而下，在这离出海口不太远的江底沉积下来。又经过多少万年，由于地壳的运动挤压，江底隆起、上升、高出地面，最后形成一片布满砾石的小山岗。这便是后来古人所称的"石子岗"。在这些山岗的砾石中，夹着许许多多半透明状的晶莹绚烂的石子，奇巧玲珑，瑰丽多姿，古人称之为"玛瑙石"，"石子岗"又称为"玛瑙岗""聚宝山"。后又传说：南

朝梁武帝时，高僧云光法师在此岗讲经说法，感动上天，天花纷纷坠落。落下的花，化为彩色缤纷的雨花石，云光法师讲经处，也便称为"雨花台"。从此"雨花台"的名字便流传下来。

雨花台山岗不大，却层峦叠翠，郁郁葱葱，流水清泉，鸟语花香，风光极为秀丽。"二分浓绿一分红"，此为雨花台之春色；"雪映山眉紫，烟消树顶圆"，这是雨花台的冬景；"古润寻声，遥钟引步，幽人杖入天花路"，以及"弥天秋色，正空山一片，斜阳留客。台上登高吹铁笛"，这是夏和秋雨花台之情趣。古代诗人墨客，把雨花台描绘得实在令人陶醉。"南朝四百八十寺，多少楼台烟雨中。"难怪古代的雨花台，曾有那么多寺庙，其中名刹就有永宁寺、安隐寺以及云光法师说法的高座寺（俗称玛瑙寺）。

二

"青山长松柏，其下藏碧血"，历史上的雨花台也是纪念先贤和埋葬忠骨的供人凭吊之地。现在仍存的古迹有：一是宋代杨邦乂（yì）剖心处。杨邦乂，北宋时进士，曾任溧阳知县。建炎三年（1129年），金兵攻下建康（南京）时，与建康留守杜充一起被俘。杜充投降，杨邦乂却不屈，大骂金主完颜宗弼（金兀术）；完颜大怒，将其牵至雨花台剖心而死。南宋绍兴元年（1131年），宋高宗下诏，于杨邦乂剖心处立庙祀之，赐谥"忠襄"。现在雨花台之东岗，立有"宋忠襄公杨邦乂剖心处"石碑，碑前两座雕得甚好的石狮仍栩栩如生地蹲立着。又一处是明代学士方孝孺之墓。方孝孺，人称正学先生，曾任建文帝（明太

祖朱元璋之孙）侍讲，即皇帝的老师，深得建文帝的信任。后燕王朱棣（明成祖）起兵"靖难"，夺得帝位，命方孝孺代他草即位诏。方孝孺却着一身孝服陛见，手书一个大大的"篡"字，骂道："万世后，尔脱不得此字。"明成祖（朱棣）怒诛方家十族共873人（方家九族，加上方的老师一家共十族），而方孝孺本人则遭车裂之刑，时年仅四十六岁。方孝孺的遗骸，后被人偷偷拾起，掩埋在雨花台东岗上，这就是现在的方孝孺墓。墓保存尚好，有墓碑一块，为清同治五年（1866年）两江总督李鸿章所立。但碑简字陋，不像清代物，可能是原碑毁坏，后人补立的。

　　距方孝孺墓及杨邦义剖心处不远，还有两座合葬土冢——辛亥革命阵亡将士人马合葬冢。辛亥革命、武昌起义震撼全国。驻扎在南京郊区由徐绍桢率领的新军第九镇官兵奋起响应。在进攻雨花台炮台时，义军伤亡惨重，仅经红十字会掩埋的就有360余人，还有很多牺牲的战马。民国初年，将此战役阵亡将士和战马遗骸合葬于雨花台东岗半山坡上，并竖碑纪念。该碑在"文革"中被毁。现今的墓碑，系1981年纪念辛亥革命七十周年时重建。碑高1.5米，上刻"辛亥革命雨花台之役阵亡将士人马冢"；两座合葬坟冢，围以花岗石墓圈，并辟出一条曲径墓道。四周青松翠柏，肃穆幽静，使人崇敬之情，油然而生。

此外，属名胜古迹的，雨花台尚有江南第二泉、乾隆御碑亭、被朱元璋封为镇国上将军的明开国功臣季述之墓等。

三

雨花台背倚长江，面俯城堞（dié，城上的齿状矮墙），形势险要，是通往南京城里的咽喉，是兵家必争之地，历代兵燹（xiǎn，火）不断。由于历次战争的破坏，尤其是太平天国时的天京保卫战，雨花台许多古树、古刹、古迹，几毁于尽，使雨花台成为一片荒山野丘。国民党反动派看中了它的冷落和荒僻，选择它作为杀害共产党人和爱国人士的刑场。

南京解放后，为了永远纪念革命先烈，教育后人，1949年12月12日南京第二届各界人民代表会议做出兴建雨花台烈士陵园的决议。1950年7月1日，在雨花台最高的山峰开始建立烈士纪念碑；在烈士就义的三处殉难地分别建立了纪念性标志；1956年开辟了雨花台烈士史料陈列室，将征集到的烈士生前照片、英勇斗争事迹资料、珍贵文物陈列，供人凭吊、瞻仰。

在建陵初期，每年春天，工人、学生、居民、机关干部、解放军官兵等都到雨花台植树造林、栽花铺草，到20世纪70年代，

这儿便又是树木成荫、草绿花红、青翠秀丽的山岗了。而从20世纪70年代末至80年代重建的雨花台烈士陵园区则是一个规模巨大、气势磅礴的建筑群体，具有很高的审美价值与历史性的纪念意义。

雨花台烈士陵园区由烈士纪念馆、纪念桥、纪念池、纪念碑及烈士群雕像组成。

烈士纪念馆位于纪念碑的正南450米处，是一座矩形的既有传统民族风格又具现代时代气息的庄严、宏大、优美的建筑。正中为一重檐主堡。其正门上方镶有"日月同辉"花岗石浮雕；两边分列两个小堡，皆琉璃瓦屋面，镶有精美图案，布局典雅庄重。这里陈列的是在雨花台以及在南京一些监狱就义的烈士事迹，有恽代英、罗登贤、邓中夏、邓演达、侯绍裘、黄励、洪灵菲、何葆珍等127人。

穿过纪念馆的大厅门洞，由花岗石石阶拾级而上，便是纪念桥；立在桥上，目光越过清澈盈盈的纪念池，只见主峰上青松、翠柏环绕的纪念碑巍巍耸立，直插云天。再俯视纪念池，又见那巍巍巨碑，那葱葱绿树，那艳艳红花，以及蓝天上悠悠白云，皆倒映在盈盈水中，实在是美极了。

过纪念池，再登石级，便到纪念碑脚下了。这儿两边为气势恢宏的碑廊，是用180块黑色磨光的花岗岩碑石组成的，东碑廊刻的是《共产党宣言》和列宁著《马克思列宁主义的三个来源和三个组成部分》，西碑廊刻的是毛泽东著《新民主主义论》。这是我国最长的碑廊之一，由我国著名书法家赵朴初、康殷、杜平、萧娴、武中奇、沙曼翁、费新我、陈大羽、尉天池、张杰等36人书写，其内容的经典性和优美的书法艺术，将显示出它作为瑰宝而存在的历史价值。

碑廊上面巍巍高耸的纪念碑，高42.3米，寓意为无数革命者经过英勇奋斗流血牺牲，终于赢得了1949年4月23日的南京解放，蒋家王朝的覆灭。"雨花台烈士纪念碑"八个大字，为邓小平同志亲笔题写。

四

北麓，面对北大门为烈士群雕像。这是集广州、上海、北京、杭州、南京等地雕塑家创作的样稿，经五次修改，历时三年，最后再由几个地区的雕塑家组成创作组完成。人物性格鲜明生动，极其深刻和形象地表现了烈士就义时英勇不屈的浩然正气。这是由173块花岗石装配组成的艺术品，总重量约1300

吨，浑厚凝重、庄严肃穆、气魄雄伟，是新中国成立后雕塑家创作的最大石雕，在这儿将永供人们瞻仰、凭吊。

古老而又年轻的雨花台啊！岁月的沧桑、丰富的历史内涵、迷人的美丽传说、青翠秀丽的山岗，以及那晶莹夺目、色彩缤纷的奇妙的雨花石，将使您永葆青春，常留在人们心里。

（摘自《南京大观》）

读与思

雨花台这片圣洁的土地上，有神奇的传说，有英雄的历史。阅读此文，你可以冥思，可以遐想，还可以跟着作者去实地游览、凭吊。相信跟着作者走上一遭，你对雨花台的地理、历史以及人文景观一定会有全方位的了解。

群文探究

1.读完这几篇文章，发挥你的创意，为南京设计一张名片。

2.南京的名胜古迹众多，为什么在本章中介绍这几处呢？你
能尝试着探究其中的原因吗？

我发现了：＿＿＿＿＿＿＿＿＿＿＿＿＿＿＿＿＿＿＿＿＿

＿＿＿＿＿＿＿＿＿＿＿＿＿＿＿＿＿＿＿＿＿＿＿＿＿＿＿

＿＿＿＿＿＿＿＿＿＿＿＿＿＿＿＿＿＿＿＿＿＿＿＿＿＿＿

＿＿＿＿＿＿＿＿＿＿＿＿＿＿＿＿＿＿＿＿＿＿＿＿＿＿＿

＿＿＿＿＿＿＿＿＿＿＿＿＿＿＿＿＿＿＿＿＿＿＿＿＿＿。

3.流连其间，你可以在湖里荡桨，你也可以坐电瓶船。你可以沿着长堤散步，你还可以找一个好些的景点坐下来，泡上一壶酽茶，等待日出或日落。阅读文章后，可以试着自己设计一个不同季节游览玄武湖的旅游攻略。

第四章　寻觅舌尖文化

蚕豆花开馋煞人，要吃蚕豆等断魂。

这是一组描写南京美食的文章。读这几篇文章，你得动用你的视觉、嗅觉、味觉、触觉，带着多种感官发挥想象，多读几遍，这样你才能尝到"真滋味"。"刚出炉，既香，且酥，又白""用小磨麻油调味，再加一些切碎的嫩生姜""他家的烧饼做得特别酥脆，一块烧饼才咬进嘴，就撒下不少芝麻出来"……赶紧来，慢慢品尝吧……

扫码立领
★ 名师朗读
★ 美文微课
★ 城市印象
★ 老城记忆

南京名吃

◎朱自清

南京茶馆里干丝很为人所称道，但这些人必没有到过镇江、扬州，那儿的干丝比南京细得多，又从来不那么甜。我倒是觉得芝麻烧饼好，一种长圆的，刚出炉，既香，且酥，又白，大概各茶馆都有。咸板鸭才是南京的名产，要热吃，也是香得好；肉要肥要厚，才有咬嚼。但南京人都说盐水鸭更好，大约取其嫩、其鲜；那是冷吃的，我可不知怎样，老觉得不大得劲儿。

（节选自《你我·南京》，题目为编者所加）

📖 **读与思**

一连串的短句子，把芝麻烧饼、咸板鸭、盐水鸭的特点鲜明地勾勒出来。读起来简洁而富有节奏感，很舒服，这就是功力。

早点"四绝"

○石三友

　　若干年前，南京有四家点心店最享盛名。它们以不同的名点和特殊的经营方法，招徕（lái）顾客，可以说是南京早点的"四绝"。

　　"一绝"是李荣兴的牛肉汤。

　　该店开设在南京回民集中居住区的七家湾，是一家清真馆子，专卖牛肉汤。因为他家的牛肉汤，选料精，炖得烂，味道鲜，没有上口就香气扑鼻，勾人食欲。该店不仅早上营业，下午和晚上也都供应，一天三市，回汉两族顾客络绎不绝。牛肉汤既可当点心充饥，又能当菜吃。该店还有种名叫"对开"的点心，就是在牛肉汤中再加入一些牛肉水饺，吃起来别有风味。抗战前牛肉汤或"对开"，只要十几个铜元一碗，物美价廉，谁都吃得起。

　　"二绝"是清和园的干丝。

　　该店坐落在中华门内贵人坊，那里原是紧倚城墙根的一座幽雅的小花园，清和园就设在该处。花木扶疏，窗明几净，品茗谈心，别有情趣。清和

园不但卖茶，也卖干丝。那干丝加工精致，用小磨麻油调味，再加一些切碎的嫩生姜，其味鲜美可口。干丝分为荤素两种，荤的有虾仁、鸡丝、烧鸭丝、肉丝多种，素的有口蘑和香菇等。

"三绝"是包顺兴的小笼包饺。

南京的小笼包饺，大家都知道以南捕厅的刘长兴为最有名，其实第一家小笼包饺店却是乌衣巷附近武定桥下的包顺兴。他家所制的包饺，个儿小，皮儿薄，卤子讲究。自他家在南京首创这种特点后，南京城内其他点心店都纷纷效仿。首先是夫子庙的南园，以"小笼包饺"的广告吸引顾客。由是，水晶包子、杂色包子、翡翠包子都相继问世了。

"四绝"是三泉楼的烧饼。

该店设在门西殷高巷内，原是织缎业的老板汪锦源和陶学忠出资开设、由打线工人张启才经营的茶馆，专作缎业的交易接洽处的，后来张启才请来做烧饼的老师傅在那里兼售烧

饼。他家的烧饼做得特别酥脆，一块烧饼才咬进嘴，就撒下不少芝麻出来，又香又酥，沁人心脾，有"千层饼"之称。三泉楼还有一个特点，就是代客加工各种馅子的酥烧饼。只要你把火腿、香肠、大葱等材料拿去，他们就立刻加工成各种不同风味的酥烧饼，投你所好。这样的经营方式，除三泉楼外，走遍南京城还没有第二家呢。

（摘自《南京早点的"四绝"》，题目为编者所加）

读与思

　　既然称之为"绝"，必有其高明而不同于其他的地方。在介绍这"四绝"的时候，作者在选材和表达上有什么相同的地方？又有什么不同的地方？

蚕豆花开馋煞人

◎赵元植　时盛麟

　　南京郊区有一句农谚："蚕豆花开馋煞人，要吃蚕豆等断魂。"蚕豆花期长，农历二月开花，四月结荚满上，整整两个多月。这一段虽春光烂漫，却是青黄不接的春荒时期。农家要指望蚕豆来度荒，真是要等到断魂。蚕豆不择地力，不须多照料，一般农家喜在田头、地边、荒山坡上点种蚕豆，年丰作菜，荒时充粮。南京人偏重蚕豆。过去城南白鹭洲、城北五台山一带居家百姓也会在房前屋后种上三两株，一年四季餐桌上便断不了蚕豆，有翠碧的鲜豆，有黄澄澄的豆瓣，有变了形态的豆酱。做法、吃法因时而变，竭力显现不同时期蚕豆的特色。

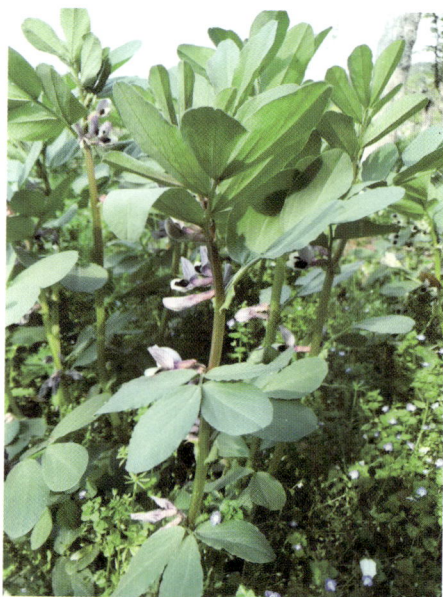

　　各时不同的制作，正可考量家庭主妇的厨艺和家政素养。初上市时，皮鲜仁嫩，连皮带实一道烹制，既保有豆皮清香减除荤腥油腻，又给菜肴增添色彩。然而嫩蚕豆占时仅三五天，南京人趁时，偏要"吃个上市鲜"。其后，豆荚发硬，豆皮变黄，豆仁饱满，是食用蚕豆的最好时刻。此时就须剥去豆皮，青黄的豆仁可以和任何荤素相配伍。豆瓣炒苋菜既时令又实惠，当然就成了南京人的家常菜；豆瓣烧鱼更是鲜上加鲜。再下来，豆荚发黑变腐，满街可听到"蚕豆不值钱了"的呼声，妇人们成筐地买回家，剥去豆荚，将硬实的豆粒晒成干蚕豆。日后的大半年，时时可以劈开来食用。夏日里冬瓜煨豆板，配上鸭汤，便是典型的老南京消夏食品。冬天豆板炖咸菜豆腐，南京人百吃不厌。也有的巧手主妇将豆瓣霉制成酱，可惜总不如酱园制作的好。20世纪40年代，中华路上益美、颜料坊道生两家酱园制酱最享盛名，却不能遏制跨地域而来的安庆胡玉美豆瓣酱风靡金陵。有的鸭店用豆瓣酱制酱鸭风味别具，受到嗜鸭的南京市民的普遍喜欢。

（摘自《老城南菜肴趣谈》，题目为编者所加）

读与思

同样的东西，在不同的时节，不同的地方，做法和味道都大不一样。想一想，你的家乡是怎么吃蚕豆的？能否也来写上一段？

野草中的美味——荠儿菜

◎赵元植　时盛麟

　　听来的一则笑话：抗战时期奉命守南京的唐生智将军，当年初到南京在湘菜馆曲园吃到荠儿菜蛋汤时，不知为何物，直夸好吃，称：想象不出是什么东西做出的美味。等见到大厨手上的荠儿菜，竟假嗔（chēn）道："不就是水边生的荠草嘛，你们真把我当湖南骡子，吃的是草料呀!"一番话引得陪同的人一阵大笑。

　　耳食之言，不足为据，但却道出一个事实：南京人餐桌上许多菜在外地人眼中只是野草。南京人嘴泼，能入口的就敢吃；南京人嘴刁，硬是在野草中吃出美味。菊花脑是也，芦蒿是也，荠儿菜更是也。当然，野生的荠草绝不能等同荠儿菜，这就得归功于南京四郊菜农数百年的培育。沙洲圩所产的荠儿菜色白质佳，被视为上品。

　　农历四五月荠儿菜上市，三四十根扎成一把，上部碧青，下端牙白，十分抢眼。卖菜人不断地洒水，看起来愈见水灵。一般说来蔬菜有"四美"，即嫩、脆、鲜、香。人们对荠儿菜的评断是：嫩不及韭黄，脆不及笋尖，鲜不及雷菌，香不及药芹。四句话看似贬实则是褒。虽不是四样最美，却是四美兼具。这就是荠儿菜高过别的蔬菜的地方。再加上主妇巧做，便成了外地人钦羡的美味了。荠儿菜清淡甘凉，还能利尿解烦热。端午前后，渐入黄梅，天气燥热，门东门西的南京城南巷陌中，常可看到老妇就着水盆细心地剥荠儿菜。如果说烹调须讲究刀功、火功，加

工荞儿菜则多了道"剥功"。剥多了浪费，剥少了口味太差。荞儿菜食法多样，荤素皆可搭配。凉拌荞儿菜、荞儿菜炒蚕豆瓣、荞儿菜炒鸡蛋都是清香爽口。但最受欢迎的还算荞儿菜汆（cuān）蛋汤。注意，须用鸭蛋，看上去清爽，闻起来清香，吃到嘴清淡，喝下肚清凉。

最后说一说荞儿菜烫面。饺皮须滚水和面，蒸出来才糯韧有"咬劲"，故称烫面饺。这是20世纪40年代四五月份南京各家餐厅、茶社都要推出的应时名点，以清真馆奇芳阁和素菜馆绿柳居为翘楚。上市莫过个把月，错了时节就吃不到，老饕（tāo）们会为此抱恨整整一年。

（摘自《老城南菜肴趣谈》，题目为编者所加）

读与思

"嫩不及韭黄，脆不及笋尖，鲜不及雷菌，香不及药芹。"这四句话看似贬实则是褒，是说荞儿菜虽不是四样最美，却是四美兼具。这种褒扬的方式很特别，你也可以尝试着用一用。

群文探究

1. 对比阅读这几篇写南京美食的文章，你发现他们在选材和表达上有什么相同的地方？又有什么独到之处？试着填写下表。

文　章	相同之处	独到之处
《南京名吃》		
《早点"四绝"》		

我发现了：＿＿＿＿＿＿＿＿＿＿＿＿＿＿＿＿＿＿＿＿＿＿＿

＿＿＿＿＿＿＿＿＿＿＿＿＿＿＿＿＿＿＿＿＿＿＿＿＿＿＿＿＿

＿＿＿＿＿＿＿＿＿＿＿＿＿＿＿＿＿＿＿＿＿＿＿＿＿＿＿。

2. 你能模仿其中一篇的选材和表达，写一篇自己家乡的美食介绍吗？

3. "北人嗜葱、蒜，滇、黔、湘、蜀人嗜辛辣品。粤人嗜淡食，苏人嗜糖。"自然地理环境和人文地理环境，对一个地域饮食文化的形成和发展都会产生不同程度的影响。透过一个地域的美食，也可大体了解这个地域的特点。请尝试从南京的美食，去分析南京这个地域的特点。

第五章　亲历四时闲趣

千里莺啼绿映红，水村山郭酒旗风。

　　这是一组描写南京生活的文章。阅读时你一定要把自己置身其中，用眼睛去看，用耳朵去听，用鼻子去闻，用手去触摸，用心去感受。你要随着作者的脚步，去经历他的经历。"每到清明前后，青少年们都精心扎制各种各样的风筝，拿到南门外雨花台去放。春风骀荡，风筝凌空高飏……"老南京的生活，就这样向你慢慢打开了……

扫码立领
★ 名师朗读
★ 美文微课
★ 城市印象
★ 老城记忆

玄武门

四月闲趣

◎吴敬梓

话说南京城里，每年四月半后，秦淮景致渐渐好了。那外江的船，都下掉了楼子，换上凉篷，撑了进来。船舱中间，放一张小方金漆桌子，桌上摆着宜兴砂壶，极细的成窑、宣窑的杯子，烹的上好的雨水毛尖茶。那游船的备了酒和肴馔及果碟到这河里来游，就是走路的人，也买几个钱的毛尖茶，在船上煨了吃，慢慢而行。到天色晚了，每船两盏明角灯，一来一往，映着河里，上下明亮。自文德桥至利涉桥、东水关，夜夜笙歌不绝。又有那些游人买了水老鼠花在河内放。那水花直站在河里，放出来就和

一树梨花一般，每夜直到四更时才歇。

（节选自《儒林外史》第四十一回，题目为编者所加）

读与思

　　乘画舫、品清茗、观美景，这就是过去南京人的慢生活。这类悠闲生活方式在《儒林外史》中俯拾皆是，有兴趣你可以去读一读。

春日放风筝

◎石三友

　　南京人放风筝的历史是相当悠久的。据《独异志》记载："侯景围台城，简文帝作纸鸢（yuān），风空告急。"原来，公元549年，南朝梁武帝萧衍，被东魏的叛臣侯景围困在南京的台城，内无粮草，外无救兵，形势危急。正当萧衍发愁时，大臣羊侃献计：把调兵的诏书捆在风筝上，放出城外以求援。萧衍依计派他的三儿子萧纲（即简文帝）去办这件事。萧纲从宫殿的高处，顺着风向把风筝放出台城外，上面系着武帝的诏令，号召外兵奋起救援，保卫王室。可惜当时风筝飞的高度不够，被侯景手下一个善射的士兵射落。尽管羊侃的计谋没能成功，但足以说明，中国人很早就懂得在军事上运用风筝来传送信息了。

　　春日放风筝，是南京青少年的一项有趣的活动。我还记得，抗战前南京的小学课本上就有过这样一首关于风筝的儿歌："杨柳生，放风筝；杨柳死，踢毽子。"那时候，每到清明前后，青少年们都精心扎制各种各样的风筝，拿到南门外雨花台去放。春风骀（dài）荡，风筝凌空高飏（yáng），吸引很多观众仰望欢呼，真是一件赏心乐事。

　　南京人制作风筝，多用细竹片扎成骨架，再糊上薄绵纸。风筝的花色品种繁多，有禽、鸟、虫、鱼等，有的是银燕对对，有的是大雁成行，有的是蝴蝶翻飞，有的是孔雀开屏，还有嫦娥奔月、天女散花。有的风筝上安有纸鼓，有的装着苇簧，经风升空时，鼓声咚咚，筝鸣曜曜（yào），非常有趣。还有的扎成人形的，粉面黑鬓（bìn），红衣白裙，入于云霄，袅袅娜娜。当时就流传着一首称颂风筝的诗："春衣称体近清明，风急鹞（yáo）鞭处处鸣。忽听儿童齐拍手，松梢吹落美人筝。"

（摘自《漫话金陵的风筝》，题目为编者所加）

读与思

　　放风筝的确是一件让人心情愉快的事情。如果让你以"放风筝"为题写一篇文章，你会写哪些内容呢？你会追溯放风筝的历史吗？你会描写不同种类的风筝吗？作者从三个方面来描写"放风筝"，是否让你对这项活动有了新的认识呢？

夏日赏柳

◎张恨水

南京的杨柳，既大且多，而姿势又各穷其态，在南京曾经住过一个时期的主儿，必能相信我不是夸张。在南京城里，或者还看不到杨柳的众生相，你如果走过南京的四郊，就会觉得扬子江边的杨柳，大群配着江水芦洲，有一种浩荡的雄风；秦淮水上的杨柳两行，配着长堤板桥，有一种绵渺的幽思。而水郭渔村，不成行伍的杨柳，或聚或散，或多或少，远看像一堆翠峰，近看像无数绿幛，鸡鸣犬吠，炊烟夕照，都在这里起落，随时随地是诗意。山地是不适于杨柳的，而南京的山多数是丘陵，又总是带着池沼溪涧，在这里平桥流水之间，长上几株大小杨柳，风景非常

地柔媚。这样，就是江南江水了。不但如此，古庙也好，破屋也好，冷巷也好，有那么两三株高大的杨柳，情调就不平凡，这情形也就只有南京极普遍。

　　杨柳自是点缀春天的植物，其实秋天里在西风下飘零着黄叶，冬天里在冰雪中摇撼着枯条，也自有它的情思。而在南京对于杨柳赞美，毋（wú）宁说是夏天。屋子门口，有两株高大的杨柳，绿荫就遮了整个院落。它特别不挡风，风由拖着长绿条子的活缝里过来，吹拂到人身上，有一种说不出来的舒适。晚上一轮白月涌上了绿树梢头，照着杨柳堆上的绿浪，在风里摇动，好像无数的绿毛怪兽在跳舞。这还是就家中仅有的杨柳说。如走上一条古老的旧街，鹅卵石的路面，两旁矮矮的土墙店铺，远远地在街头拥上一株古柳，高入云霄；这街头上行人车马稀少，一片蝉声下，撒着一片淡淡的绿荫，这就感到一番古城的幽思。

　　在南京度过夏天的人，都游过玄武湖。一出了玄武门，就会感到走入了一个清凉世界。而这份清凉，不是面前的湖水和远峙（zhì）的山峰给予的。正是你一出城门，就踏上一道古柳长干堤，柳树顶尽管撑上天，它下垂的柳枝，却是拖靠了地，拂在水面，拂在行人身上。永远透不进日光的绿浪子，四处吹来着水面清风，这里面就不知有夏。我曾在南京西郊上新河经过半个夏天，我就有一个何必庐山之感。这里唯一给予人清凉的思物，就是杨柳。出汉西门，在一块平原上四周展望，人围在绿城里，这绿城是什么？就是江边的柳林，镇外的柳林。尤其在月下，这四处的柳林，很像无数小山。我住家所在，门前一道子江，水波不兴，江边一排大柳林，大柳林下，青苔铺路就是我家的竹篱柴门，门里一个院落，又是两株大柳树。屋后一口塘，半亩菜，又是三棵大柳树。左右邻居，不用说，杨柳和池塘。这一幢三进平房整天都在绿荫里，绝没有热到百度（华氏）的气候。我于这半个夏季里，乃知白门杨柳之多，而又多得多么可爱。

（摘自《白门之杨柳》，题目为编者所加）

读与思

你留意过柳树吗？你见过"无数的绿毛怪兽在跳舞"吗？你体会过"风由拖着长绿条子的活缝里过来，吹拂到人身上"的感觉吗？你知道什么样的景致和柳树更"配"吗？你知道是因为柳树的存在，而让普通充满了诗意吗？读这样的文章是需要想象的，想象我们的眼前就有这姿态各异的柳树，想象微风透过长绿条子的活缝吹来，想象柳枝在我们头上拂过……想着，想着，你会感觉到语言的美妙。这就够了。

秋日里的悠闲滋味

◎张恨水

天气是凉了，长江大轮的大餐间，把在庐山避暑的先生太太小姐们，一批一批地载回南京。首先是电影院表示欢迎之忱，在报上登着放映广告；其次是水果公司，将北方的山梨、良乡栗、天津葡萄，南方的新会柚子、台湾香蕉、怀远石榴，五颜六色，陈列在铺面平架上。自然，这些玩意儿，上海更多更好，可是在上海里表现着，在空气里缺少那么一点儿悠闲滋味。譬如，太平路花牌楼是最热闹的地区了，但你经过那里，你也不会感到动乱，街两旁的法国梧桐和刺槐，零落地飘着秋叶儿。人行路上，有树荫而树荫不浓，我们披一件旧绸衫，穿一双软底鞋，顺着水泥路面溜达。在清亮而柔和的阳光下，街上虽有几个汽车跑来跑去，没有灰土，也没有多大声音，在街这边瞧见街那边的朋友，招招手就可以同行在一处，只有北平的王府井大街、成都的春熙路可相仿佛。上海的霞飞路也会给人一点秋意的，然而洋气太重。

（摘自《南京记趣》，题目为编者所加）

读与思

　　把文章写好，一定要有情。你可以直接表达出来，也可以隐藏在文字里。"可是在上海里表现着，在空气里缺少那么一点儿悠闲滋味""上海的霞飞路也会给人一点秋意的，然而洋气太重"……这些文字背后，你读出了怎样的情意与情感呢？

老城南的茶馆

◎濮传俊

抗日战争以前，南京有300多家茶社，主要集中在城南一带。大的茶馆兼卖点心。一般平民百姓都可走进茶社，用不着多少花费，就可泡上一壶茶，慢悠悠地品尝，能消磨上好几个小时。"一杯春露暂留客，两袖清风几欲仙"，多少人与茶结下了不解之缘。

茶社不需要什么花里胡哨的装潢，陈设很是简陋，但人气却很旺，基本上是座无虚席。十几张退了漆的八仙桌，一些长条凳和那茶迹斑斑的瓷壶及青花小杯，就能迎接四方来客。走进茶馆的前堂，那炉灶上火光熠熠，几只长嘴巴的铜壶正在滋滋地冒着水气，那壶盖被水蒸气掀得一起一落的，雾气弥漫在整个空间。炉灶旁的长桌上放着排列整齐的茶壶和一个很小的圆铁筒，筒里盛着已放好的茶叶，来了顾客，伙计就把小筒里的茶叶倒进茶壶里，用开水冲泡，取上杯子，就送到客人坐处。一天下来卖了多少茶，数数那空着的小筒就知道了。有的茶社前常卖小吃，像酥烧饼、面条、小笼包等；后厅为客人饮茶的地方，这里雅致些。有的茶社后厅临窗倚着秦淮河水，茶客们一边饮茶，一边观赏着河里来往的船只，那是很惬意的。有些在街巷的小茶社的设置更是简单不考究，一般都是夫妻店或父子店，前面是老虎灶卖开水，后面摆上两三张桌子就行了。

到茶社喝茶的人，大都是有闲工夫的人，也有的是来谈生

意和会朋友的。坐在长凳上，喝着热茶，吃着点心，他们谈天说地，神侃胡聊，或者是一些陈芝麻烂谷子的往事、往日的情趣，他们津津乐道地谈着、笑着，忘了时间。有些爱玩鸟的人到茶馆喝茶，还带着鸟笼来。那时夫子庙聚星亭旁的"义顺茶社"的后堂，除了众多的顾客在饮茶，就是屋檐下处处挂的雀笼，进入其中，但闻百鸟齐唱，满屋啁啾，如入山林，洋溢着一派生机盎然的景象，给人增加一份闲趣和快乐。

读与思

"一杯春露暂留客，两袖清风几欲仙"，老南京的茶社多，爱喝茶的人也多，达官显贵、商贾名流、平民百姓都可走进茶社，泡上一壶茶，慢悠悠地品尝，消磨上好几个小时。你觉得他们品的仅仅是茶吗？如果不是，还有什么呢？

群文探究

1．"而水郭渔村，不成行伍的杨柳，或聚或散，或多或少，远看像一堆翠峰，近看像无数绿幛，鸡鸣犬吠，炊烟夕照，都在这里起落，随时随地是诗意。""如走上一条古老的旧街，鹅卵石的路面，两旁矮矮的土墙店铺，远远地在街头拥上一株古柳，高入云霄；这街头上行人车马稀少，一片蝉声下，撒着一片淡淡的绿荫，这就感到一番古城的幽思。"这些文字多么富有画面感。请你闭上眼睛想象一下，再试着画下来。

2.在南京，春日可以 _____；夏日可以 _____；

秋日可以 _____；闲暇之余可以 _____，

也可以 _____。

我发现了：_____

_____

_____

_____。

第六章　触摸文化民俗

银烛影中明月下，相逢俱是踏灯人。

　　你的家乡大年三十晚上都有哪些习俗？元宵节你们会看灯、吃元宵吗？岁时民俗随着时代的变迁而不断发展变化，它们在演变的过程中，被深深地烙上了时代特征和地域印记。在阅读此章时，你可以把南京的民俗和自己家乡的民俗进行对比，在"同"与"不同"的对比中，你或许会有一些意外的发现。

扫码立领
★ 名师朗读
★ 美文微课
★ 城市印象
★ 老城记忆

玄武门

大年三十洗个澡

◎濮传俊

　　虽然已是上了岁数的人了，忆起童年的事，依然那么清晰，那样亲切。往事中，对过年的印象是最深刻的了。记得儿时，每到大年三十晚上，外公都要带我去城南一家澡堂子洗澡，干干净净过个年，老城南人都有这个习惯。这天洗澡的人也特别多，服务时间要延长到晚上十二时，一直到最后一位顾客洗完为止。那几天各家澡堂洗澡都要排队，每个堂口前增设几张长条木凳，让等候的顾客坐。外公带我去洗澡，总要带一包花生米去吃；洗完澡后，还在店堂里买几块五香豆腐干；卖豆腐干的老人用很干净的小刀，把干子切成数小块，然后用牙签戳上，吃起来真是有滋有味。因为年三十晚上顾客很多，因此大多数澡客都在洗完澡后，略微休息一下就穿衣了，不要等服务员递热毛巾来催了。要在平常，老顾客躺上一两个小时是没有关系的。洗完澡回家，就穿上那一年一次的新衣服，然后是吃团圆饭、给长辈磕头、拿压岁钱、放爆竹，这时是我们小孩子最高兴、最欢乐的时刻了。大人们就在堂屋里围着火盆，吃着、笑着，说年成、谈希望，等我们小孩子玩得筋疲力尽了，才上床睡觉。因为大年夜大家都睡得很晚，因此年初一，按老南京人的习惯，要睡个"元宝觉"，起得很迟。但外公都是早早地把我从床上喊起来，带我到夫子庙义顺茶社吃早茶。那些有早起习惯的人，也都一大早来到茶社，图个"一顺百顺"的吉利，盼望一年到头过个平安顺当的日子。当然小孩子去茶馆，不是为了品茶，也不懂得其他意思，而是想吃几块酥烧饼。当时义顺茶社前堂卖烧饼，后堂卖各种面食。店堂里挂着很多顾客带来的雀笼，各种鸟儿争相鸣叫，一副春意盎然的景象，至今难忘。吃饱了，喝足了，外公就带我到夫子庙看花灯，回家的路上还拖着一只兔子灯。

一晃多少年过去了，我都已是当外公的人了，当年的义顺茶社已不存在，但是每年泡澡堂子的习惯，却一直保持到现在。

读与思

作者对于过年的回忆，不仅仅是可以在澡堂里吃五香豆腐干、穿新衣、放爆竹、去夫子庙义顺茶社吃早茶，更是那份浓浓的、可是再也回不去、寻不着的年味儿和外公对自己的宠爱。关于过年，你的家乡有哪些特别的习俗？在你的记忆里，有没有非常难忘的回忆呢？

正月十五赏花灯

◎陈济民

过年赏花灯，是南京人的一大乐事。火树银花，璀璨（cuǐ càn）夺目，家家走桥，人人看灯。"银烛影中明月下，相逢俱是踏灯人"就是当年南京人过年观灯情景的真实写照。

从明朝初年的元宵灯节，延至当今的农历过年观灯，赏花灯长盛不衰，深受广大人民群众的喜爱，成了南京人的传统重要习俗。

明朝"万岁灯"天下独有

明朝初年，南京灯市在午门前举行，盛况空前，尤其是"鳌（áo）山万岁灯"是南京独有。这种"万岁灯"，以千百种几万盏灯叠为山形，中间用五色玉栅簇成"皇帝万岁"四个大字，灯光一射，五光十色，熠熠（yì）生辉，灿若繁星，令人眼花缭乱。

这时，四面八方的人蜂拥而至，等皇帝、皇后妃嫔、文武大臣观后离去，众多百姓如潮水般涌向午门，"听臣民赴午门外观鳌山三日，自是岁以为常"。永乐十八年（1420年）秋，朱棣迁都北京，永乐十九年（1421年）正月初午门"万岁灯"虽未再办，但午门外的长安街仍有灯市。

清朝三处灯市异彩纷呈

　　清朝中期以前，南京灯市主要集中在评事街笪（dá）桥空旷处举办。过年期间，笪桥至评事街沿升州路一带，灯火通明，大街两旁扎满松棚，松棚四周缀满巨型花灯，灿若白昼。松棚里还有乐队，箫鼓声宛如仙乐。不时还有穿着戏装踩高跷（qiāo）、摇旱船者走过，吸引大批百姓走街串巷，观赏争奇斗艳的三星灯、八仙灯、聚宝盆、皮球、西瓜、草虫、金鱼等多种花灯。

　　那么多的灯中，创于南朝的"走马灯"可谓一绝。走马灯外罩灯笼，灯内上方有一风轮，蜡烛点燃后，空气遇热膨胀上升，引发灯内空气持续对流，推动风轮旋转，从而带动连在轮轴上的灯笼转动。笼面上画着各种姿态的疾驰骏马，犹如万马奔腾。

同治后，南京有三处灯市竞放异彩，即府学（今朝天宫）前、县学（今夫子庙）前及笪桥，灯市盛况空前，人们几处奔走，以观其妙。夫子庙县学前广场还有舞龙灯的，彩龙翻舞，虎虎生风。还有富家子弟合在一起演"打十番"，套路甚多，有水漫闹台、滴滴金、八段锦、蜻蜓翅、蝴蝶须等，击打起来震耳欲聋，把过年的气氛烘托得热烈而有情趣。人们围观得里三层外三层，久久舍不得离去。

民国灯市也热闹

清代末年，夫子庙商业日趋繁荣，人流大量增加，县学前的夫子庙灯市更红火，渐渐取代了其他两处灯市。后来，由于民国的建立以及日军入侵南京，夫子庙灯市时兴时衰。但只要市面一旦平稳，人们观灯的热情就丝毫不减。

记得新中国成立前，过年到夫子庙还是人如海、灯如潮。大人们总要给孩子买一只手提荷花灯。有的孩子则喜欢装有四只轮子的兔子灯，放在地上，灯内点上蜡烛，用棉线扣上拖着走，灯火一闪一闪的，极有情趣。

读与思

"银烛影中明月下，相逢俱是踏灯人"，这就是南京人过年观灯情景的真实写照。你的家乡有花灯吗？有没有什么特别的花灯？不妨仿照上面文章的某一个段落写上一段，别害怕，写文章其实就像说话一样。

正月十六玩城头

◎梁汉成

南京人正月十六上城头，为什么要有这个风俗？至于说在城头上走走，可以去掉百病，那是因为这"走百病"实是"走百姓"的谐音。

明代初年，朱元璋造好南京城后，城墙上即成为士卒守备的军事要地，百姓哪能再上城墙？更不要说玩城头了。

后来，百姓有了怨言，说是"辛辛苦苦出钱、出工造了这雄伟城墙，连看都不能看，太不公平"。朱元璋知道后，考虑到明朝初建，必须邀买人心，便下令，恩准百姓正月十六这一天玩一

次城墙，以示君民同乐。于是，便流传出"正月十六准百姓玩城头"的话。以后，"准百姓"演变成了"走百姓"，最后变成了"走百病"。

　　"走百病"实是"走百姓"的谐音，真有趣。很多说法其实是由于谐音或同音而误写、误说。比如说"打破砂锅问到底"，其实是"打破砂锅璺到底"，"璺"读作 wèn。因为和"问"同声，所以就改用"问"字了。璺就是砂锅上的裂纹。砂锅磕坏了以后，裂纹就会一直延伸到砂锅的最下面，比喻对问题追根究底。你还知道哪些由于谐音或同音而误写、误说的例子吗？

游春踏青

◎陈济民

清明时节，正是风和日丽之时，田畴（chóu）山野铺锦叠翠，梨花杏花次第开放，借祭祖扫墓游春踏青，所以南京人又称清明节为踏青节。"借来梨蕊三分白，偷得梅花一缕魂。"人们纷纷出城，接踵（zhǒng）连肩，翩翩游赏，放鸢（yuān）戴柳，笑语盈盈。正如一首古诗云："梨花风起正清明，游子寻春半出城。"人们拥到牛首山、雨花台踏青赏景，文人雅士咏诗作乐，视为开心之事。清人徐溥在《秦淮竹枝词》中描写道："红妆结队斗铅华，高髻（jì）盘云堕鬓鸦。相与踏青联袂（mèi）去，旧王府里看桃花。"

这一天，南京家家户户门窗插柳，人们衣襟、发髻戴柳，儿童头戴柳圈，有谚曰："清明不戴柳，红颜成白首。"扫墓乘轿归来时，轿顶插满柳枝。也有的随手插一枝在岸边，来年观之已茁壮，颇为欣慰。

插柳条有杀虫除毒之效，寓祈福保平安之意。北方还有射柳之俗，南京射柳之俗并不普遍，但明代南京明皇宫中就举行过。《积小编》载："永乐中，禁中有剪柳之戏。"禁中，即皇城内；剪柳，即射柳，将物品系于柳枝，射中即落，是集习武与娱乐于一体的活动。

野外踏青之时，人们还放风筝。起初人们放风筝，既是取乐，又是表心愿，将心中烦恼之事，用风筝放去，称之"放晦

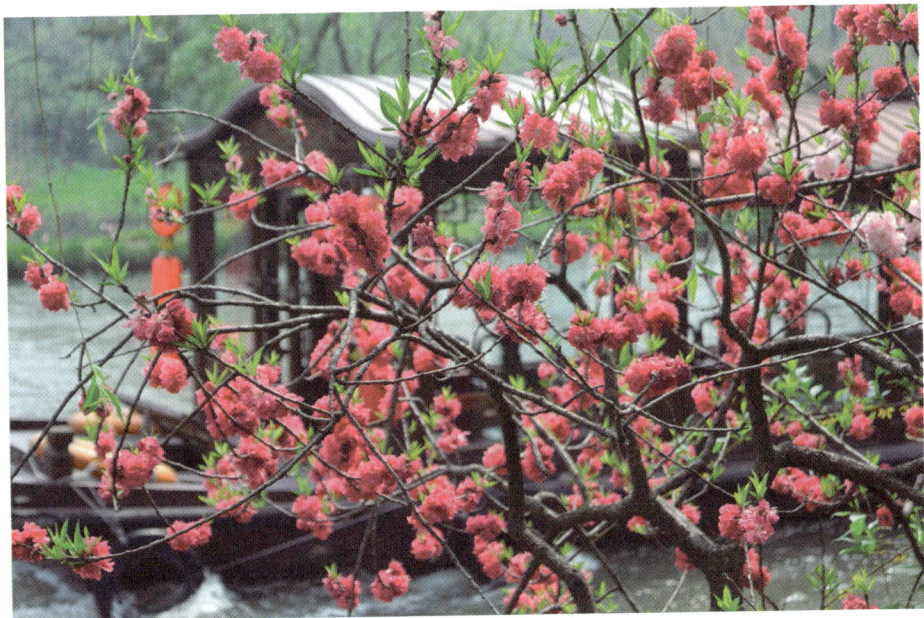

气"。所以人们见到丢弃的风筝是绝对不捡的，捡了即捡来晦气。《红楼梦》中就有这样的情节描绘。后来风筝越来越精致，成了工艺品，也就舍不得将风筝放走了。

读与思

插柳条有杀虫除毒之效，寓祈福保平安之意。人们也将放风筝称为"放晦气"。你的家乡清明时节有哪些活动？又有怎样的寓意呢？

群文探究

1. 中国地大物博，文化博大精深，各地风俗、习俗也不尽相同。对于中国人最重要的节日——春节，南北的习俗差异也比较大，你的家乡过春节时有哪些习俗呢？能不能详细介绍几个？

2. 从江苏地图上看，南京属于苏中地区；以长江为界，南京一半是在江南，一半是在江北。那么，从风俗习惯上来看，南京是更偏向于南方还是北方呢？请你阅读上文，并查阅相关资料，比较一下，写出你的看法。

3. 每个地区的民俗在演变的过程中，都会被烙上深深的地域印记，具有鲜明的时代特征。你的家乡民俗文化是怎样的？你愿意去调查探访一番吗？或许你还可以尝试着写一份家乡民俗文化的调查报告。

第七章　倾听老南京的声音

秦淮十里风光好，白局一曲难画描。

诸位雅士若有幸，金粉之地走一遭。

"山川形胜甲天下，六朝十代帝王家。金陵风光无限好，白局一曲献大家……"嗓子一亮便能唱出古都南京的千年韵味。南京话厚重朴实，反映了它久远的历史和独特的语言魅力。走近南京白局，去听一听那纯正的方言俚语，在娓娓道来的唱词中了解这座城市的古往今来。

扫码立领
★ 名师朗读
★ 美文微课
★ 城市印象
★ 老城记忆

南京人爱看戏

◎叶兆言

　　历史上曾有过"吴声清乐"这一说。吴声是当年的南京话，或者说是当年的南京民歌，所谓清乐便是在此基础上发展起来的歌曲形式，这种歌曲形式在六朝时期很风行，它的最高也是最后的境界，就是陈后主的《玉树后庭花》，这首曲子结束了六朝繁华，成为著名的亡国之音。从此，南京的音乐从宫廷走向民间，秦淮河成了卖艺人的天下。南京人开始过起有什么看什么、有什么听什么的随遇而安的享乐生活。

　　老派的南京人会享乐，真是铁板钉钉的事。还是从《儒林外史》上引用些资料吧。据这本书上记载，当年南京秦淮河上下竟有戏班一百三十多个，而男主角之一的杜慎卿，心血来潮，挑了六七十个旦角，集中在莫愁湖公演，设大奖奖赏夺魁的演员。类似的雅事韵事数不胜数。南京是《桃花扇》本事发生的地方，也是柳敬亭说书风靡一时的地方，南京人看戏，不弄点事出来几乎不可能。

　　南京人不仅爱看戏，而且会看戏。明朝末年，两个很有名的戏班，曾在秦淮河边打擂台，同时演出《鸣凤记》，当戏演到"河套"一折时，观众的注意力都集中到了李伶主演的奸相严嵩身上，另一位演严嵩的马伶自惭形秽，没等戏演完便悄悄溜走了。事隔三年后，销声匿迹的马伶又一次复出江湖，又一次和李伶打擂台，还是演《鸣凤记》。这一天，南京城轰动了，万人空巷，大家都来看戏。结果马伶大获全胜，他不只是把奸相外表演出来了，而且把严嵩内心的虚伪和奸佞，都淋漓尽致地表现了出来。南京的观众大过戏瘾，大饱眼福，连作为对

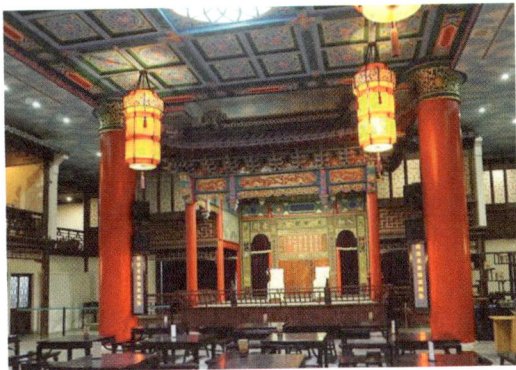

手的李伶戏班的人，也纷纷停下来引颈观看。李伶见状，自叹不如，不得不拜马伶为师。原来在这三年中，马伶隐姓埋名，投到当时的一位宰相家里去当奴仆。这位宰相可以说是当时的严嵩，马伶躲在他身边细心揣摩，从他身上获得了很多灵感。整整三年，马伶都在观察这位宰相的一举一动，于是终于在舞台上结出正果。

（摘选自《南京的乐》，题目为编者所加）

读与思

　　事隔三年后，销声匿迹的马伶又一次复出江湖，又一次和李伶打擂台，结果大获全胜，不只是把奸相外表演出来了，而且把严嵩内心的虚伪和奸佞，都淋漓尽致地表现了出来。你们知道这三年他做了什么吗？那就是"用心观察""细心揣摩"，演戏如此，写文章又何尝不是如此呢？

南京白局：唱出一座老城的腔调

◎郑晋鸣 李 薇

　　"秦淮十里风光好，白局一曲难画描。诸位雅士若有幸，金粉之地走一遭……"走进已有200年历史的南京甘家大院，若隐若现的琴弦声不断从庭院深处传来，间或夹杂着南京白局特有的唱腔，那一瞬间，时空仿佛倒退，百年前的宅院生活似乎隔着几面墙复活了，看不见却听得到。

　　白局，就是白唱一局，因演唱者不收钱而得名。600年前，云锦工人为打发枯燥的工作时光而唱的白局，成就了南京唯一的地方曲艺。如今，历经岁月洗礼的白局逐渐抖落身上的尘埃，以独特的形式展现南京这座老城特有的神态和腔调。

织锦机房里的白局声

在甘家大院，身着黑色旗袍的黄玲玲双手各执两只瓷杯，端端正正地站在一台方桌前，用地道的南京方言唱着：

"南京的美景，那真是，草帽么得边儿——顶好；上鞋不用锥子——针好（真好）。夫子庙不但风景美，秦淮风味小吃哦——那才是，名扬天下哦！"

清脆的乐音与胡琴低沉悠扬的曲调缠绕在一起，将俏皮与沉稳拿捏得恰到好处。

这就是南京拥有600年历史的地方曲种：南京白局。

南京市非物质文化遗产保护中心主任王露明介绍，白局产生于南京的织锦行业，是从机房织工口中衍生出来的一种说唱艺术，其起源兴衰，都和南京云锦息息相关。

据相关史料记载，明清时期南京丝织业十分发达。织锦工作烦琐，一般由两人配合一台3米高的织机进行生产。机上坐着的人，称作"拽花工"；机下坐着的人，称作"织手"。织锦工人们每天"三更起来摇纬，五更爬进机坎"，工作枯燥而劳累，他们便用哼唱和创作民间小曲的方式来驱赶织造劳动的繁重和单调。一台织机前，拽花工唱，织手合，二人边唱边织。演唱仅是自娱自乐，不取报酬，完全是白唱一局，故名"白局"。

随着时间的推移，白局走出了织锦房，在民间流传开来，逐渐形成自己独特的表演方式：表演一般一至二人，多至三五人；形式以叙事为主，说的是南京方言，唱的是俚曲，常有二胡、三弦等乐器伴奏；表演内容涉及金陵美景、秦淮美食、历史传说等。发展至今，南京白局有曲目近百个，其独具特点的曲牌多达54种，传唱大江南北的《茉莉花》便出自南京白局的《鲜花调》。

白局艺人微光中的坚守

时至近代，织锦业在战乱中迅速衰落，白局也随之式微。而后的岁月里，白局虽然还留有余续，但却气若游丝，直至2008年，白局申请国家非物质文化遗产成功，才逐渐引起人们的重视。

这其中，离不开一代白局老艺人近50年的坚守与努力。黄玲玲便是其中一位。

1960年，南京市工人白局实验曲剧团成立，黄玲玲是第一批成员。那一年，她14岁。同时被招进剧团的，还有17岁的徐春华、19岁的周慧琴和20岁的马敬华。当时的"四朵金花"还不懂白局，但每个月15元的工资，外加2元的服装费，可以让她们告别饥饿。那时的她们没有想到，50年后的自己，会成为这座城市仅有的几位白局传承人。

1966年"文革"开始，白局再度被打入冷宫，剧团也随之被迫解散。大家各自散去，黄玲玲等人则留在剧团驻地文化宫工作，她们舍不得白局。

流散在南京各区县的白局老艺人相继故去，白局到了灭绝的边缘，几乎被人遗忘。1984年，黄玲玲和徐春华、周慧琴、马敬华重新聚在一起，决定重振白局。几十年如一日，她们练习唱腔、曲牌，把文化宫当作一个练习表演的平台，用自己的力量延续白局的生命力。

"我们也想把白局做出名堂，但急不得，慢慢来，有微光，便有希望。"黄玲玲说，2003年，甘家大院邀请她们来唱白局，每天20分钟，连唱了15天，观众却只有寥寥数人，但她们没有放弃。2008年，南京白局终被国务院列入第二批国家级非物质文化遗产名录。

任重道远的传承之路

似水流年，当年的"四朵金花"，如今都已是年逾古稀的老太太。目前在南京还能掌握白局表演艺术的省级传承人，只有黄玲玲她们四位。

2007年，黄玲玲在甘家大院里支出一个舞台，每天义务给游客表演白局，空闲时还免费教唱白局。她一边推广白局，一边寻找传承白局的好苗子。如此坚持了10年，其间确实遇到过不少"有缘人"，但真正愿意沉下心气学白局的却少之又少。

直到2009年，一个名叫张自卫的年轻人找上门。

"从第一次在甘家大院里听到白局，我就爱上了这门古老的曲艺。"张自卫说。白局好听但难学，自己虽是南京人，又是音乐专业出身，但白局腔调转折的韵味和老南京话的咬字发音，都需要一个音一个音地抠，学起来很不容易。为了练好白局，她将所有曲牌重抄整理，还用手机录下老师的唱腔，回去对着镜子配合动作反复练习，模仿借鉴。

年轻人的勤勉，黄玲玲全看在眼里。2011年，张自卫正式拜黄玲玲为师，这也是黄玲玲50多年来首次招收徒弟。"白局总得有人来传承，我不能把它带进棺材里。"黄玲玲说。

作为传承人的弟子，又是小学音乐老师，张自卫承担起推广白局的重担。她在学校里开设特色课程，定期教小朋友唱白局。如今，黄玲玲带着弟子还在甘家大院义务唱白局，她想，只要有人愿意听，有人愿意学，白局这门艺术，就不会死。

（选自《光明日报》2017年05月06日04版）

读与思

"秦淮十里风光好，白局一曲难画描。诸位雅士若有幸，金粉之地走一遭……"白局，唱出了一座老城的腔调。这篇文章讲了有关白局的哪几个方面？你对白局又有了哪些更加深入的了解呢？

南京方言的俗语对

◎石三友

南京的方言中，有些类似谜语，颇有特殊趣味。从前南京老辈曾有择其中能在文字上相对者，制成联语，更富有文学趣味，我年轻时颇喜读之，曾选辑为《俗语联集》，惜已毁于兵燹（xiǎn）。最近偶尔想到，就所记忆到的，择录若干。

两言对：如"桃干"（指儿童逃学）对"杏核"（指小儿高兴时的表现）；"捣鬼"（说私话）对"出神"（指人沉思时表现）；"吃醋"（指男女关系方面的妒忌）对"称盐"（指与小儿戏耍）；"皮脸"（指顽皮不知羞）对"肉头"（指人没有决断）。

三言对：如"油炒饭"（肥美）对"醋泡茶"（指马虎一点）；"猫叹气"（一种盛食器具）对"狗套头"（指没有襟的背心）；"食坐子"（指人被嘲笑）对"偷冷槌"（指乘人不备捶人一拳）；"小头鬼"（指做事不大方）对"大脚仙"（指乡村大脚姑娘）；"踢疼髅（lóu）"（嘲笑人的短处）对"抽懒筋"（笑人不勤）。

四言对：如"坐冷板凳"（指人不得意）对"钻热被窝"（指巴结上司）；"借沟出水"（指借题出气）对"拆屋还基"（指有骨气）。

五言对：如"眼睛会说话"（说人很伶俐）对"拳头不认人"（指相打起来不顾一切）；"脚面上支锅"（指眼前暂时安

83

定）对"眼睛中出火"（指看人好不免眼热）；"疑心生暗鬼"（指因多疑而将无作有）对"醒眼看醉人"（指冷眼旁观）。

六言对：如"眼生向头顶上"（看不起人）对"心夹在胳肢窝"（偏私不怀好心）；"眼泪咽在肚里"（指受委屈不敢哭）对"鼻涕淌到嘴中"（指不清洁的小孩）；"髀（bì）股上戴眼镜"（指人不得意背了光）对"喉咙里挂灯笼"（讥人好食）。

七言对：如"小儿口中讨实话"对"秃子头上放毫光"；"推开窗子说亮话"对"站在楼上唱高腔"；"磕个青果泡茶吃"对"拿着红枣当火吹"（指以讹传讹）；"倚着草鞋戳破脚"（指靠不住）对"生怕树叶打通头"（嘲笑人的胆子太

小）；"瞎猫遇到死老鼠"（指糊涂人对糊涂人）对"癞姑养了碎乌龟"（指烦琐人又遇烦琐事）；"巧姐难炊无米粥"对"老娘不是省油灯"（指老太婆凶得不好惹）。

八言对：如"打杯冷烧酒麻麻嘴"对"买块热豆腐烫烫心"；"装龙像龙，装虎像虎"对"嫁狗跟狗，嫁鸡跟鸡"；"鱼有鱼路，虾有虾路"对"猫养猫疼，狗养狗疼"。

读与思

南京方言在历史的演进中广泛流行着大量简练、生动的俗语，比如说"不听老人言，吃亏在眼前"强调长辈说的话是经验之谈；"福气丑人傍"则告诉人们长相丑陋的人往往会福气好。这些俗语反映了南京人丰富的生活经验和美好愿望。你的家乡也有类似生动的俗语吗？你愿意给大家介绍一下吗？

群文探究

1. 你的家乡话中有什么词汇是外地人绝对听不懂的，能不能介绍一两个？

2. 尝试着根据白局的唱词，分析南京方言的语言规律。

3. 尝试分析南京白局"三起三落"的真正原因。

4. 找一个白局唱段，听一听，并尝试跟着唱一唱。

第八章　品味历代名著

满纸荒唐言，一把辛酸泪！

都云作者痴，谁解其中味？

　　这里，诗词歌赋甲天下；这里，传世名著贯古今。这里，孕育了汤显祖的《牡丹亭》、曹雪芹的《红楼梦》、吴敬梓的《儒林外史》……中国历史上第一个"文学馆"就设立于此！《诗品》《文心雕龙》《千字文》《昭明文选》等都诞生在南京！

　　本章精选在南京诞生的传世名著中的片段和历代佳作节选，让你窥一斑而知全豹。

扫码立领
★ 名师朗读
★ 美文微课
★ 城市印象
★ 老城记忆

世说新语两则

◎［南北朝］刘义庆

咏 雪

谢太傅①寒雪日内集②，与儿女讲论文义③。俄而雪骤④，公欣然⑤曰："白雪纷纷何所似？"兄子胡儿⑥曰："撒盐空中差可拟⑦。"兄女曰："未若柳絮因风起。⑧"公大笑乐。即公大兄无奕女⑨，左将军王凝之⑩妻也。

注释

①谢太傅：即谢安（320—385），字安石，晋朝陈郡阳夏（河南太康）人。做过吴兴太守、侍中、吏部尚书、中护军等官职。死后追赠为太傅。

②内集：家庭聚会。

③与儿女讲论文义：儿女：这里当"子侄辈"讲，即年轻一辈。讲论文义：讲解诗文。讲：讲解。论：讨论。

④俄而雪骤：俄而：不久，一会儿。骤：急，迅速。

⑤欣然：高兴的样子。

⑥胡儿：即谢朗。谢朗，字长度，谢安哥哥的长子，做过东阳太守。

⑦差可拟：差不多可以相比。差：大致，差不多。拟：相比。

⑧未若柳絮因风起：不如比作柳絮凭借风儿漫天飘起。未若：不如比作。因：凭借（"因"在这里有特殊含义）。

⑨无奕女：指谢道韫（yùn），东晋有名的才女，以聪明有才著称。王凝之的妻子。无奕：指谢奕，字无奕。

⑩王凝之：字叔平，大书法家王羲之的第二个儿子，做过江州刺史、左将军、会稽内史等。

译文

在一个寒冷的下雪天，谢太傅把家人聚集在一起，跟年轻一辈的人讲解诗文。不一会儿，雪下得很大，谢太傅高兴地说："这纷纷扬扬的白雪像什么呢？"他哥哥的长子说："差不多可以比作往空中撒盐。"太傅哥哥的女儿说："不如比作柳絮随风飞舞。"谢太傅高兴得笑了起来。谢道韫是大哥谢奕的女儿，左将军王凝之的妻子。

陈太丘与友期

陈太丘①与友期行②，期日中③，过中④不至，太丘舍去⑤，去后乃至⑥。元方⑦时年七岁，门外戏⑧。客问元方："尊君在不？"⑨答曰："待君久不至，已去。"友人便怒曰："非人哉！与人期行，相委而去⑩。"元方曰："君与家君⑪期日中。日中不至，则是无信⑫；对子骂父，则是无礼。"友人惭⑬，下车引之，元方入门不顾。

注释

①陈太丘：即陈寔（shí），字仲弓，东汉颍川许（现在河南许昌）人，做过太丘县令。太丘：古地名。

②期行：相约同行。期：约定。

③期日中：约定的时间是正午。日中：正午时分。

④过中：过了正午。

⑤舍去：不再等候就走了。舍：舍弃，抛弃。去：离开。

⑥乃至：（友人）才到。乃：才。

⑦元方：即陈纪，字元方，陈寔的长子。

⑧戏：嬉戏。

⑨尊君在不：你父亲在吗？尊君：对别人父亲的一种尊称。不：通"否"。

⑩相委而去：丢下我走了。委：丢下，舍弃。

⑪家君：谦辞，对人称自己的父亲。

⑫信：诚信，信用。

⑬惭：感到惭愧。

译文

陈太丘和朋友相约同行，约定的时间在正午。过了正午，朋友还没有到，陈太丘不再等候他便离开了。陈太丘离开后朋友才刚刚到。儿子元方当时才只有七岁，正在门外玩耍。陈太丘的朋友问元方："你的父亲在吗？"元方回答道："我父亲等了您很久您却还没有到，已经离开了。"友人便生气地说道："陈太丘真不是人！和别人相约同行，却丢下别人先离开了。"元方说："您与我父亲约在正午，正午时，您没到，就是不讲信用；对着孩子骂父亲，就是没有礼貌。"朋友感到十分惭愧，下了车想去拉元方的手，元方连头也不回，就径直走入家门。

读与思

这两则故事都选自《世说新语》，写的是古代聪颖少年的故事。《世说新语》是一部妙趣横生、经久耐读的经典名著，虽然篇幅简短，但是其中的故事却脍炙人口。在现代汉语中，人们使用频率很高的一些成语，比如"标新立异""管中窥豹""琳琅满目""望梅止渴"等皆出于此。《世说新语》中所记录的名人轶事，很多都能在今天的南京找到印记，如果你感兴趣的话去读一读、找一找吧。

千字文（节选）

◎［南北朝］周兴嗣

天地玄黄　宇宙洪荒　日月盈①昃②（zè）　辰宿③（xiù）列张

注释

①盈：月光圆满。

②昃：太阳西斜。

③宿：〈古〉我国天文学家将天空中某些星的集合体叫作"宿"。

译文

　　天是青黑色的，地是黄色的，宇宙形成于混沌蒙昧的状态中。太阳正了又斜，月亮圆了又缺，星辰布满在无边的太空中。

寒来暑往　秋收冬藏　闰余成岁　律吕①调阳

注释

　　①律吕：中国古代将一个八度分为十二个不完全相等的半音，从低到高依次排列。每个半音称为一律，其中奇数各律叫作"律"，偶数各律叫作"吕"，总称"六律""六吕"，简称"律吕"。相传黄帝时泠伦制乐，用律吕以调阴阳。

译文

寒暑循环变换，来了又去，去了又来；秋天收割庄稼，冬天储藏粮食。积累数年的闰余并成一个月，放在闰年里；古人用六律六吕来调节阴阳。

云腾致雨　露结为霜　金生丽水①　玉出昆冈②

注释

①丽水：即丽江，又名金沙江，出产黄金。
②昆冈：昆仑山。

译文

云气上升遇冷就形成了雨，夜里露水遇冷就凝结成霜。黄金产在金沙江，玉石出在昆仑山岗。

剑号巨阙①（què）　珠称夜光②　果珍李柰③（nài）
菜重（zhòng）芥姜

注释

①巨阙：越王允常命欧冶子铸造了五把宝剑，第一为巨阙，其余依次名为纯钩、湛卢（zhàn lú）、莫邪（mò yé）、鱼肠，全都锋利无比，而以巨阙为最。

②夜光:《搜神记》中说,隋侯救治了一条受伤的大蛇,后来大蛇衔了一颗珍珠来报答他的恩情。那珍珠夜间放射出的光辉能照亮整个殿堂,因此人称"夜光珠"。

③柰: 果木名,落叶小乔木,花白色,果小。

译文

最锋利的宝剑叫"巨阙",最贵重的明珠叫"夜光"。水果里最珍贵的是李子和柰子,蔬菜中最重要的是芥菜和生姜。

读与思

《千字文》是世界教育史上使用时间最长、影响最大的识字课本,由南朝著名文人、梁武帝最信赖的文学侍从周兴嗣编纂。这本书用四字韵语写出,朗朗上口,内涵丰富,涉及天文、地理、历史、农业、园艺、饮食起居等各个方面,在识字的同时你还可以学习知识、道理。你如果感兴趣的话,就去读一读吧。

范进中举（上）

◎［清］吴敬梓

范进进学回家，母亲、妻子俱各欢喜。正待烧锅做饭，只见他丈人胡屠户，手里拿着一副大肠和一瓶酒，走了进来。范进向他作揖（yī），坐下。胡屠户道："我自倒运，把个女儿嫁与你这现世宝，历年以来，不知累了我多少。如今不知因我积了甚么德，带挈（qiè）你中了个相公，我所以带个酒来贺你。"范进唯唯连声，叫浑家把肠子煮了，烫起酒来，在茅草棚下坐着。

母亲自和媳妇在厨下造饭。胡屠户又吩咐女婿道："你如今既中了相公，凡事要立起个体统来。比如我这行事里，都是些正经有脸面的人，又是你的长亲，你怎敢在我们跟前装大？若是家门口这些做田的、扒粪的，不过是平头百姓，你若同他拱手作揖，平起平坐，这就是坏了学校规矩，连我脸上都无光了。你是个烂忠厚没用的人，所以这些话我不得不教导你，免得惹人笑话。"范进道："岳父见教的是。"胡屠户又道："亲家母也来这里坐着吃饭。老人家每日小菜饭，想也难过。我女孩儿也吃些，自从进了你家门，这十几年，不知猪油可曾吃过两三回哩！可怜！可怜！"说罢，婆媳两个都来坐着吃了饭。吃到日西时分，胡屠户吃得醺醺（xūn）的。这里母子两个，千恩万谢。屠户横披了衣服，腆着肚子去了。

次日，范进少不得拜拜乡邻。魏好古又约了一班同案的朋友，彼此来往。因是乡试年，做了几个文会。不觉到了六月尽间，这些同案的人约范进去乡试。范进因没有盘费，走去同丈人商议，被胡屠户一口啐在脸上，骂了个狗血喷头，道："不要失了你的时了！你自己只觉得中了一个相公，就'癞虾蟆想吃起天鹅肉'来！我听见人说，就是中相公时，也不是你的文章，还是宗师看见你老，不过意，舍与你的。如今痴心就想中起老爷来！这些中老爷的都是天上的'文曲星'！你不看见城里张府上那些老爷，都有万贯家私，一个个方面大耳。像你这尖嘴猴腮，也该撒泡尿自己照照！不三不四，就想天鹅屁吃！趁早收了这心，明年在我们行里替你寻一个馆，每年寻几两银子，养活你那老不死的老娘和你老婆是正经！你问我借盘缠，我一天杀一个猪还赚不得钱把银子，都把与你去丢在水里，叫我一家老小嗑西北风！"一顿夹七夹八，骂得范进摸门不着。辞了丈人回来，自心里想："宗师说我火候已到，自古无场外的举人，如不进去考他一考，如何甘心？"因向几个同案商议，瞒着丈人，到城里乡试。出了场，即便回家。家里已是饿了两三天。被胡屠户知道，又骂了一顿。

到出榜那日，家里没有早饭米，母亲吩咐范进道："我有一只生蛋的母鸡，你快拿到集上去卖了，买几升米来煮餐粥吃，我已是饿得两眼都看不见了。"范进慌忙抱了鸡，走出门去。才去不到两个时候，只听得一片声的锣响，三匹马闯进来。那三个人下了马，把马拴在茅草棚上，一片声叫道："快请范老爷出来，恭喜高中了！"母亲不知是甚事，吓得躲在屋里；听见中了，方敢伸出头来，说道："诸位请坐，小儿方才出去了。"那些报录人道："原来是老太太。"大家簇拥着要喜钱。正在吵闹，又是几匹马，二报、三报到了，挤了一屋的人，茅草棚地下都坐满了。邻居都来了，挤着看。老太太没奈何，只得央及一个邻居去寻他儿子。

（节选自《儒林外史》第三回）

读与思

　　《儒林外史》是中国古代讽刺文学的巅峰之作，是吴敬梓在南京秦淮河畔创作的一部古典名著，反映的是清代康乾时期科举制度下的社会百态。这篇选文中范进好不容易中了举人，却突然疯了，真是悲剧。范进是如何发疯的？后来又发生了什么事呢？他的老丈人对他态度转变了吗？大家可以自己去读一读。

史太君两宴大观园

◎ [清] 曹雪芹

  只见一个媳妇端了一个盒子站在当地，一个丫鬟（huán）上来揭去盒盖，里面盛着两碗菜。李纨端了一碗放在贾母桌上。凤姐儿偏拣了一碗鸽子蛋放在刘姥姥桌上。贾母这边说声"请"，刘姥姥便站起身来，高声说道："老刘，老刘，食量大似牛，吃一个老母猪不抬头。"自己却鼓着腮不语。众人先是发怔，后来一听，上上下下都哈哈地大笑起来。史湘云撑不住，一口饭都喷了出来；林黛玉笑岔了气，伏着桌子哎哟；宝玉早滚到贾母怀里，贾母笑得搂着宝玉叫"心肝"；王夫人笑得用手指着凤姐儿，只说不出话来；薛姨妈也撑不住，口里茶喷了探春一裙子；探春手里的饭碗都合在迎春身上；惜春离了座位，拉着她奶母叫揉一揉肠子。地下的无一个不弯腰屈背，也有躲出去蹲着笑去的，也有忍着笑上来替她姊妹换衣裳的，独有凤姐鸳鸯二人撑着，还只管让刘姥姥。

  刘姥姥拿起箸来，只觉不听使，又说道："这里的鸡儿也俊，下的这蛋也小巧，怪俊的。我且吃一个。"众人方住了笑，听见这话又笑起来。贾母笑得眼泪出来，琥珀在后捶着。贾母笑道："这定是凤丫头促狭鬼儿闹的，快别信她的话了。"那刘姥姥正夸鸡蛋小巧，要吃一个，凤姐儿笑道："一两银子一个呢，你快尝尝罢，那冷了就不好吃了。"刘姥姥便伸箸子要夹，哪里夹得起来，满碗里闹了一阵好的，好容易撮起一个来，才伸着脖子要吃，偏又滑下来滚在地下，忙放下箸子要亲自去捡，早有地下的人捡了出去了。刘姥姥叹道："一两银子，也没听见响声儿就没了。"众人已没心吃饭，都看着她笑。

贾母又说："这会子又把那个筷子拿了出来，又不请客摆大筵席。都是凤丫头支使的，还不换了呢。"地下的人原不曾预备这牙箸，本是凤姐和鸳鸯拿了来的，听如此说，忙收了过去，也照样换上一双乌木镶银的。刘姥姥道："去了金的，又是银的，到底不及俺们那个伏手。"凤姐儿道："菜里若有毒，这银子下去了就试得出来。"刘姥姥道："这个菜里若有毒，俺们那菜都成了砒霜了，哪怕毒死了也要吃尽了。"贾母见她如此有趣，吃得又香甜，把自己的也端过来与她吃。又命一个老嬷嬷来，将各样的菜给板儿夹在碗上。

（节选自《红楼梦》第四十回）

读与思

"史湘云撑不住，一口饭都喷了出来；林黛玉笑岔了气，伏着桌子哎哟；宝玉早滚到贾母怀里，贾母笑得搂着宝玉叫'心肝'……探春手里的饭碗都合在迎春身上；惜春离了座位，拉着她奶母叫揉一揉肠子"，作者根据人物的身份、性格，把握住"笑"时人物最富特征的神态，刻画出不同人物的性格。你能从她们的笑中，看出她们不同的性格吗？

先天须知

◎［清］袁　枚

　　凡物各有先天，如人各有资禀（bǐng）。人性下愚，虽孔、孟教之，无益也；物性不良，虽易牙①烹之，亦无味也。指其大略：猪宜皮薄，不可腥臊；鸡宜骟②（shàn）嫩，不可老稚；鲫鱼以扁身白肚为佳，乌背者，必崛强③于盘中；鳗鱼以湖溪游泳为贵，江生者，必槎（chá）丫④其骨节；谷喂之鸭，其膘肥而白色；壅（yōng）土⑤之笋，其节少而甘鲜。同一火腿也，而好丑判若天渊；同一台鲞⑥（xiǎng）也，而美恶分为冰炭。其他杂物，可以类推。大抵一席佳肴，司厨之功居其六，买办之功居其四。

（选自《随园食单》，题目为编者所加）

注释

①易牙：春秋时期名厨，后多代指烹调手艺高超的人。

②骟：阉割，指割去牲畜的睾丸或卵巢。阉割后的牲畜长得膘肥臀满。

③崛强：僵硬而不屈曲。

④槎丫：原指树的枝丫错杂凌乱的样子。此处指鱼刺纵横交错。

⑤壅土：在植物根部培上有肥料的泥土。

⑥台鲞：特指浙江台州出产的各类鱼干。鲞，剖开晾干的腌制鱼干。

译文

世上一切事物都有先天特质，就像人各有不同的天资禀赋一样。人的品性低下、愚昧，就算孔子、孟子亲自施教，也无济于事；同理，如果食料本性低劣，即使让易牙这样的名厨烹调，也难成美味佳肴。概括而言：猪肉以皮薄为佳，不可有腥臊味；鸡最好选用阉过的嫩鸡，不可太老或太小；鲫鱼以身扁肚白为好，黑背乌脊者，肉体僵硬，置于盘中，食相不佳；鳗鱼以生在湖水、溪水中的为好，江生之鱼骨刺交错，多如树杈；用谷米喂养之鸭，肥硕且肉质白嫩；沃土中长出的竹笋，节少而味道鲜甜。同为火腿，好坏有天壤之别；同样产自浙江台州的鱼干，味道也冰火两重天。其他食物原料可以依此类推。大体上，一席佳肴，厨师手艺占六成功劳，而采买之人的功劳占四成。

读与思

这篇文章选自袁枚《随园食单》的须知单。袁枚是一位经验丰富的烹饪理论家，他在南京随园撰写的食谱《随园食单》是我国古代一部非常重要的饮食名著，堪称中国古代餐饮文化的百科全书。袁枚认为，饮食之境界与做学问之道相同。读了这篇《先天须知》，你受到了什么启发呢？

大圣偷桃

◎ [明] 吴承恩

　　大圣看玩多时，问土地道："此树有多少株数？"土地道："有三千六百株。前面一千二百株，花微果小，三千年一熟，人吃了成仙了道，体健身轻。中间一千二百株，层花甘实，六千年一熟，人吃了霞举飞升，长生不老。后面一千二百株，紫纹缃核，九千年一熟，人吃了与天地齐寿，日月同庚。"大圣闻言，欢喜无任，当日查明了株树，点看了亭阁回府。自此后，三五日一次赏玩，也不交友，也不他游。

　　一日，见那老树枝头，桃熟大半，他心里要吃个尝新。奈何本园土地、力士并齐天府仙吏紧随不便。忽设一计道："汝等且出门外伺候，让我在这亭上少憩片时。"那众仙果退。只见那猴王脱冠服，爬上大树，拣那熟透的大桃，摘了许多，就在树枝上自在受用。吃了一饱，却才跳下树来，簪冠着服，唤众等仪从回府。迟三二日，又去设法偷桃，尽他享用。

　　一朝，王母娘娘设宴，大开宝阁，瑶池中做"蟠桃盛会"，即着那红衣仙女、青衣仙女、素衣仙女、皂衣仙女、紫衣仙女、黄衣仙女、绿衣仙女，各顶花篮，去蟠桃园摘桃建会。七衣仙女直至园门首，只见蟠桃园土地、力士同齐天府二司仙吏，都在那里把门。仙女近前道："我等奉王母懿旨，到此摘桃设宴。"土地道："仙娥且住。今岁不比往年了，玉帝点差齐天大圣在此督理，须是报大圣得知，方敢开园。"仙女道："大圣何在？"

土地道："大圣在园内，因困倦，自家在亭上睡哩。"仙女道："既如此，寻他去来，不可迟误。"土地即与同进，寻至花亭不见，只有衣冠在亭，不知何往，四下里都没寻处。原来大圣耍了一会，吃了几个桃子，变做二寸长的个人儿，在那大树梢头浓叶之下睡着了。七衣仙女道："我等奉旨前来，寻不见大圣，怎敢空回？"旁有仙使道："仙娥既奉旨来，不必迟疑。我大圣闲游惯了，想是出园会友去了。汝等且去摘桃，我们替你回话便是。"那仙女依言，入树林之下摘桃。先在前树摘了二篮，又在中树摘了三篮；到后树上摘取，只见那树上花果稀疏，只有几个毛蒂青皮的。原来熟的都是猴王吃了。七衣仙女张望东西，只见向南枝上只有一个半红半白的桃子。青衣女用手扯下枝来，红衣女摘了，却将枝子往上一放。原来那大圣变化了，正睡在此枝，被她惊醒。大圣即现本相，耳朵里挈出金箍棒，晃一晃，碗来粗细，咄的一声道："你是哪方怪物，敢大胆偷摘我桃！"慌得那七仙女一齐跪下道："大圣息怒。我等不是妖怪，乃王母娘娘差来的七衣仙女，摘取仙桃，大开宝阁，做蟠桃盛会。适至此间，先见了本园土地等神，寻大圣不见。我等恐迟了王母懿旨，是以等不得大圣，故先在此摘桃。万望恕罪。"

（节选自《西游记》，题目为编者所加）

读与思

　　这个片段大家一定都不陌生，出自《西游记》。《西游记》是中国古典四大名著中最富有奇思妙想的小说，描写的是孙悟空、猪八戒、沙和尚保护唐僧西天取经、历经九九八十一难终得真经的传奇历险故事。这部小说与南京的渊源非常深，现流传最早的刊本就是金陵世德堂本，《西游记》最早也是在南京校订问世的。

白娘子永镇雷峰塔

◎［明］冯梦龙

　　且说方丈当中座上，坐着一个有德行的和尚，眉清目秀，圆顶方袍，看了模样，确是真僧。一见许宣走过，便叫侍者："快叫那后生进来。"侍者看了一回，人千人万，乱滚滚的，又不认得他，回说："不知他走哪边去了？"和尚见说，持了禅杖，自出方丈来，前后寻不见。复身出寺来看，只见众人都在那里等风浪静了落船。那风浪越大了，道："去不得。"正看之间，只见江心里一只船，飞也似来得快。

　　许宣对蒋和道："这一般大风浪，过不得渡，那只船如何到来得快？"正说之间，船已将近。看时，一个穿白的妇人，一个穿青的女子来到岸边。仔细一认，正是白娘子和青青两个。许宣这一惊非小。白娘子来到岸边，叫道："你如何不归？快来上船！"许宣却欲上船，只听得有人在背后喝道："业畜！在此做甚么？"许宣回头看时，人说道："法海禅师来了！"禅师道："业畜，敢再来无礼，残害生灵！老僧为你特来。"白娘子见了和尚，摇开船，和青青把船一翻，两个都翻下水底去了。许宣回身看着和尚便拜："告尊师，救弟子一条草命！"禅师道："你如何遇着这妇人？"许宣把前项事情从头说了一遍。禅师听罢，道："这妇人正是妖怪，汝可速回杭州去。如再来缠汝，可到湖南净慈寺里来寻我。"有诗四句：

　　本是妖精变妇人，西湖岸上卖娇声。

汝因不识遭他计，有难湖南见老僧。

（节选自《警世通言》第二十八卷，题目为编者所加）

读与思

　　本篇出自冯梦龙加工编撰的短篇小说集《警世通言》，《杜十娘怒沉百宝箱》《卖油郎独占花魁》皆出于此。这部小说集和《喻世明言》《醒世恒言》并称为"三言"，其故事发生地涉及全国各地，其中"南京元素"不少，感兴趣的可以去读一读。

群文探究

1.《白娘子永镇雷峰塔》中的许宣与《新白娘子传奇》中的许仙是同一个人吗？试着比较他们的异同。

2.《随园食单》是中国古代一部非常重要的饮食名著，为什么在介绍实物的做法之前要花笔墨写"须知单"和"戒单"呢？

3.《史太君两宴大观园》中，众人皆笑，为什么"独有凤姐鸳鸯二人撑着，还只管让刘姥姥"？她们这样做的目的是什么呢？试着分析其中的原因。

研学活动：体验主题之旅

看了、听了、感受了，再来一场说走就走的主题之旅吧！背上行囊，满载期待，与南京来一次零距离接触。去品一品小吃，听一听吆喝；去寻一寻历史遗迹，探索历史背后的故事。当然，如果你对古诗词感兴趣，还可以跟着古诗游南京，在诗中寻觅美丽的风景。

本章为你精心定制了三条主题之旅，满足你不同感官的需要。还等什么呢？来吧，让我带你走进南京！

研学主题一：美食之旅

研学因由： 南京美食历史悠久，风味独特，自六朝时期流传至今已有千年历史，多达百十多个品种。夫子庙、新街口、湖南路、山西路、中央门等地拥有比较集中的点心小吃群，具有研究价值。

研学路线： 夫子庙—新街口—湖南路—山西路—中央门

研学活动：

1.写美食：

在品尝美食之余，把你舌尖上感受到的味道写下来。

"我是小小美食家"评价表

评价内容	自　评	互　评
能写出美食的外形、色泽，得1颗☆		
能写出美食独特的气味，得1颗☆		
能写出美食独特的口感、滋味，得1颗☆		
能加入美好的感受和联想，得1颗☆		

2.看美食：

拍摄南京特色小吃，举办南京美食摄影大赛。

3.听美食：

南京吆喝是这座城市的文化，也是南京人的情感的载体。研究南京美食的叫卖声，听一听，学一学，演一演。

4.行美食：

边吃边逛。设计一份符合不同人群需求的逛吃路线。

人群需求	路线及美食分布

5.画美食：

南唐后主李煜派顾闳中考察韩熙载的夜宴，画了著名的《韩熙载夜宴图》，正是当时金陵家宴的真实写照。你也可以画一画南京美食。

6.做美食：

向当地手艺人请教美食的做法，回家试着自己做一做。

研学主题二：寻找南京的历史足迹

研学因由：南京山川秀美，古迹众多。著名文学家朱自清先生在游历了南京之后，就写下了这样的评价："逛南京像逛古董铺子，到处都有些时代侵蚀的痕迹。你可以揣摩，你可以凭吊，可以悠然遐想……"透过这些历史遗迹，可以探索历史背后的故事。

研学路线：

六朝博物馆 （基于六朝建康城城墙遗址而建，述说六朝建康城的发展。）

鸡鸣寺 （鸡鸣寺自古就有"南朝第一寺"的美称。里面的那口"胭脂井"，据说当年陈后主逃亡时还带着他的妃子钻过呢！）

南唐二陵 （南唐二陵是五代十国时期规模最大的帝王陵墓。）

明城墙 （南京明城墙是中国历史上唯一建造在江南的统一全国的都城城墙。）

明孝陵 （包括明孝陵、梅花山、梅花谷、红楼艺文苑、紫霞湖5个景点。）

大报恩寺 （这是朱棣为他母亲建的。琉璃宝塔高达78.2米，通体用琉璃烧制，自建成至衰毁一直是中国最高的建筑。）

灵谷寺 （明太祖朱元璋定都南京后，因原寺塔距宫阙太近，同时准备建明孝陵，朱元璋把寺庙迁到钟山东南麓，合为一寺，并赐"第一禅林"，称为"灵谷寺"。）

明故宫遗址

南京市博物总馆
江宁织造博物馆

中山陵

颐和路 （感受民国名媛的生活。）

研学活动：

1.寻找历史遗迹，了解历史故事、人物故事：

寻找历史遗迹，了解背后的历史故事、人物故事，写下自己的所见、所闻、所感。

关于南京历史，我有话说

历史故事/人物故事	所 见/所 闻	所 感

2.南京地标logo设计大赛：

建筑是一个城市的标志、一个城市的时代符号，南京的这些建筑怎么样用一个标志表现出来呢？

下面是两个景点的logo，请根据logo，为南京某地标设计一个。

我心目中的南京地标

地　标	LOGO	含　义

3.南京地图名片：

拍照，设计线路，制作"南京历史深度游"旅游攻略。

我的旅游攻略是：

_____

_____

_____

_____

研学主题三：跟着古诗游南京

研学因由：每一首诗，都是鲜活的游历地图；每一位诗人，都是资深的旅行家。跟着古诗游南京，你会在诗中寻觅美丽的风景，也会在诗中感受每一处景点背后的人世沧桑。

研学路线：

《献从叔当涂宰阳冰》李白
白下桥（大中桥）

《长干行》李白
东西长干里

《清明》杜牧
城南门西、集庆路以
南的南京市第四十三
中学一带

《桃叶歌》王献之
古桃叶渡

《登金陵凤凰台》李白
在今大报恩寺遗址、瓦
官寺和阮籍墓三处名胜
古迹的半包围圈里。

中华路与升州
路交会处

白鹭洲公园

《登金陵雨花台望大江》高启
石头城公园

《台城》韦庄
北极阁北麓、玄武湖以南

研学活动：

1.景中诵：

南京从古诗中走出来，放眼望去尽是历史。诗中的南京是什么样子，你去看一看，在美景中诵读经典的景点诗句，肯定别有一番滋味在心头。

我心抒我见

所见美景	吟诵的古诗

2.诗配画：

古诗词中的南京城，另有一番别样岁月磨洗的风采。你能把诗词中的南京画出来吗？

我眼中的南京：

3.书其诗：

（1）模仿古人的诗句，试着以这些景点为元素，写一首小诗。

我是小诗人

景　点	我的诗歌

（2）绘制《跟着古诗游南京》研学手账。